八十四歳だらしがないぞ

黒田はる
絵・砂子田朋子

桂書房

八十四歳だらしがないぞ　目次

第一章　日々のこと

第二章　周囲の人々

第三章　旅行

第四章　健康

第五章　思い出

第六章　ふれあい

第一章　日々のこと

春がきた

陽気な気候になってきた。

春だ！春だ！ウキウキ。私の体内の血流の悪いのも陽気に流れ出すだろう。節々の痛いのも治るだろう。北陸の冬は長い。年寄りは長い冬が苦手だ。

昨日、庭師さんが雪囲いをはずして行った。それを待っていたかのように木々の新芽が元気づいてきた。溝にたまった泥をさらえたいけれど、ミミズが出てこないか心配で、まだできていない。私はミミズが苦手である。出てきたら「キャー」と声を上げてしまう。先方様も私の大きな声にびっくりするだろう。

春休み。嫁と孫が何かの花の苗を植えている。我が家のみかんの木が白い花をつけるのは、もう少しあとか。

娘のころ、瓦屋根の上で日向ぼっこをしていると、雪解けの水が雨どいをチョロチョロと流れる音がした。その、穏やかでのんびりとした音を聞くのが、心地よく好きだった。

平和そのものだった。こんな些細なことを覚えているのはどうしてだろう。

桜前線の様子をテレビが毎日報道している。富山市中心部を流れる松川べりのお花見はまだか。神通川の土手の桜並木も美しい。

十数年前までは、松川よりも県西部を流れる庄川の桜の方が好きだった。よく母と一緒に上流の湯谷まで見に行った。静かな山の中に咲く桜はその枝を水辺にまで張り出し、水の青と桜のピンクとの対比が美しく、まわりの空気までが桜色に思えた。辺りには人影もなく静かだった。母と私はいつまでも見とれた。

だがその記憶の風景も、八十歳にもなると白内障の目で見るように薄れてきた。だからいまは、近くに咲く桜に足を運ぶ。

春先に着ている私のツーピースは、モス・ピンク、つまり桜の色をしている。結構気に入っているのだが、かれこれ二十年あまり着て、少しくたびれてきた。

ツーピースを新調しようかな。今度は白っぽい……といっても真白ではない、柔らかそうな生地がいいかな。自分が少し若いころ、「年を取ったら新しい服を作るのもおっくうになってきた」という話を年配の人から聞いたことがある。

けれど、私は新調することがワクワクと楽しい。だって「馬子にも衣装」という言葉がある。老いるほど奇麗にしておかないと。
そろそろ茅ヶ崎に引越した姉から、お花見を楽しんだ便りが届くころだろう。
私の名前は『はる』。両親がいい名前をつけてくれたと感謝している。

（平成二十五年三月）

楽しい方を選ぶ

ひょんなことから、というか、自分が嫌いでないこととして文章を書くことが趣味となった。

あれ？　趣味はいけばなではなかったのか。一生を通じて長く続いているのがいけばなではある。かれこれ五十年やっている。

娘時代に花嫁修業（昔はそう言った）として、茶道やお琴もしばらく習っていた。母親の手前、義務的に先生のところへ通っていただけで、心から楽しいとは思わなかった。だから長続きはせず、一年ほどでやめてしまった。いけばなだけが残ったのである。

稽古事とは別に私は少女時代から、多感というかセンチメンタルといおうか、空想の世界に遊び、そして文を書くことが好きであった。

書き始めた直接のきっかけは五十代のときであったろうか。富山県民会館で、文章教室が三か月ほどの日程で二回開かれ、その両方に参加したことである。講師は地元新聞の一

面コラムを二十二年間執筆された、兼久文治先生だった。（故人）

私は文を書くことに興味を持ち始めた。小難しいことは書けない。平易な言葉でありのまま自分の気持ちを書くだけである。短い文ではあるが、推敲に推敲を重ねて書き上げたときの充実感は何とも言えない。そうして書いた自分の文には愛着を覚える。

私は八十歳となった。いけばなは教室で皆さんと会話をしながら教えている分には楽しい。

が、こと華道展に出瓶となると相当に体力が必要となる。花器、多めの花材、バケツの類の運搬から始まって、水を汲む、太い枝を切る、作品に取り組むなど、長時間立っての作業である。

会期中は毎朝手入れに足を運ばねばならない。

そろそろ引退してもいいのでないか。こんなことを言うと華道仲間からお叱りを受けそうであるが、どうも八十歳という年齢が心にひっかかる。若い人に引き継いでもらうことも考えた。

体に無理がかからないで、楽しいと感ずることに切り換えて行ったらどうだろうか。

文章を書くのは机の上で手を動かし、頭脳を使ういい仕事である。辞書を繰るのも苦ではない。

このように自らの行動を外向型から内へと変えていくのはいけないことであろうか。

自分は文を書いて人に評価されたいとはちっとも思っていない。読みたい人に読んでもらえればそれでいい。読んでくださる人には感謝である。大した文でなくてもそれを「本にしましょう」といってくださる出版社にも感謝する。

文を書くことも華道も両方好きだから困る。

そのうち年齢が解決してくれると思うけれど。

いまは差し当たりパーッと旅行にでも出かけるとしようか。何かを掴んで帰るかもしれない。

（平成二十五年五月）

心のこもったお便り

郵便屋さんが待ち遠しい。大抵、午前十時半頃の配達である。

ああ、今日も事務的なものや通信販売のお知らせとかばかりだ。がっかりする。手書きのものがほしい。

「親戚や友人などから手紙やはがきが来ないかなぁ」。昔はよく届いた。いまは大正生まれの姉からはたまに手紙が来る。はがきは県外に住む甥とか、いけばな友だちから届く。

封書やはがきが混じっている郵便物の中の、どうでもいいものを先に見る。楽しみはおあずけだ。食べ物でいうならば好きなものは最後に食べる、そんな気持ちである。

何年か前からは、要件は電話やメールが多くなってきた。

「目上の人にはがきは失礼。手紙にするものや」と若い頃教えられた。でも最近ははがきでもいいかな、と思うようになった。

そうそう書くこともないのに、無理やりに時候の挨拶やら健康を気遣うことなど、ありきたりの言葉で便箋を埋める。それよりは相手が気に入りそうな絵はがきで書いた方が、こちらの心が伝わるのでないかと思う。

字は下手でもよい。社会的にポジションの高い人でも「えっ、この字が」と思うことがある。でも心がこもっていれば字はどうでもよい。自分も下手なのだから。

要するに相手の顔を思い浮かべ、話しかける気持ちで書くと先方の心に温かく伝わるのではなかろうか。

中元やお歳暮のお礼のはがきでも、単に「受け取った。有難う」よりも、ついでに近況報告などが書いてあれば親しみが湧く。仮にパソコンの定型文でも、欄外にひとことペン書きの言葉が添えてあるとホッとする。

私は返事を書くことが好きである。どの便箋にしようか、いまは秋だからどんぐり、落ち葉にしようとか、相手が男性ならば無地がいいかななど考える。楽しみながら選ぶのも悪くはない。デパートの文具売場で気に入った便箋があるときは買っておく。

母が生きていた頃「お寺の境内で拾った」と黄色い銀杏《いちょう》の葉が便箋からこぼれ落ちたことがあった。風流な心遣いに心が和んだ。

切手は四季ごとに区別して持っている。その切手も来年四月からは八十二円、五十二円となる。またまた組み合わせ作業が必要になってくる。六十二円、四十一円の切手をようやく無くしてそれほど経たないのに、またかと思う。

組み合わせた切手は、なるべく目上の人には出さないようにしている。いまは欲しい切手が売られていても、買うのはガマン、ガマンである。

秋なのに桜の切手が張られてきたりすると、八十円切手の処分中だなと思ったりしている。

できれば平成二十六年のお年玉切手は、八十二円と五十二円でほしいものである。

（平成二十五年十一月）

不服を言うな

正月早々、股関節の故障である。痛くて歩けない。

横浜に住む高校時代の友人が喪中のため、年賀欠礼であった。頃合いを見て寒中見舞いのはがきを出した。

ややあって返信があった。便箋三枚を使い心のこもった文面である。それによると正月に小学生の孫を連れて熊野三山を詣で、五百段の階段を上り切って満足をしている、と書いてあった。いいなぁ。

私は寒中見舞いに足が痛くて杖を使いながら、蝸牛の歩みのように部屋を移動していることの、グチをこぼしたらしい。

手紙には「足に問題がおありとおっしゃって残念なことです。でもこの歳になると、人はそれぞれに自分に合った生き方があります。それを素直に受け入れてこそ幸せがあると、しみじみ感じています。貴女様は本も出版されました。また、いけばなの立派な指導者でもあります。」と書いてあった。

私はハッとした。人を羨んではいけないのだ。生き方はそれぞれである。足は丈夫でもその人なりに心満たされぬ何かがあるかもしれない。自分は満足に歩けなくても、周りの人が手を差し伸べ、助けてくださっているではないか。台所に立ったことのない夫がお米をといだり、お皿を運んだりしてくれている。

息子と嫁が交替で、朝夕私を車に乗せて会社と自宅を往復している。先に出勤した夫から「道路も玄関の辺りもバンバンに凍っているから、転ばないように気を付けて来られ」と電話がかかる。有り難いと思う。

嫁が代わりに買い物をして来て、冷蔵庫に入れておいてくれたり、高岡市に住む娘がたまに来て掃除をしていく。「デパートに用事があるけど、何か買ってきてほしいものある？」とか。

いけばな教室は○○さんに代稽古をしてもらっている。「一度皆さんの顔が見たい」と言ったら、弟子が教室を送り迎えしてくれた。みんな優しい。

富山大学付属病院の先生、診察が終わった後、にこやかな顔で「一階の受付まで車椅子で送らせますので」と、私の肩をポンと叩かれた。至れり尽くせりである。

こんなにみんなに大切にしてもらって、何が不服なのですか！　一から十まで揃っている人なんて、この世の中にはいないと思う。反省をすること。

友人が言ったように、本の出版もできた。趣味の生き甲斐もある。足の不満を言う前に感謝をしなくては。現在を素直に受け入れることが大切であろう。

寒波がきても春は着実にやってくるのだから。

（平成二十六年一月）

8パーセントもなんのその

四月一日から十七年ぶりに消費税率が引き上げられる。5パーセントから8パーセントになり、増税分は社会保障制度の財源に充てられるという。

新聞やテレビなどでは、日用品のまとめ買いに主婦の皆さんが、ショッピングセンターやデパートに殺到しているのが報道された。

トイレットペーパー、紙おむつ、薬や化粧品、缶詰など、買い込んだ品が押入れにいっぱい積み上げてあるのが映し出されていた。日用品の3パーセントの差額は、大したことないと思うけれど。無駄遣いにもなりかねない。車や、ビジネス用の紳士服、通勤通学用の定期券などの購入はむしろ合点がいく。

家電製品は冷蔵庫、洗濯機はいま元気に動いているし、この歳になっていまさら宝石もいらない。

私は正月早々から三か月間、股関節や足首の関節の炎症で「痛い、痛い」と日を経てきた。家の中だけの生活である。デパートのポイントが二倍ですよ、と言われても指をくわえてチラシを眺めているだけだ。歩けない方が家計費の節約になるのだろうか。

だが、そろそろ限界である。

デパ地下で美味しそうなケーキを眺めて買いたい。誕生日に貰った、パンにつける高級オリーブ油を早く使いたい。野菜、お魚も手に取って確かめて買いたい。フランスパンを買わなきゃ。いまは時々箱から出して、しゃれた瓶を眺めているだけである。

七階の本屋さんや文具コーナーへも行こう。春らしい便箋はないかな……と。ああ、それからタオル売り場では手拭き、その横に近沢レースの店もあったな。トイレのスリッパもくたびれてきた。春だからパッと明るいのがいいな。

自由に歩けるようになるのももうすぐだ。消費税８パーセントになった途端に「それ！」といっぱい買いそう。まるで篭の鳥が大空に放たれ、鉄砲玉の如く飛んで行くように。

友人とおしゃべりしながら食事もしたい。グラスワイン一杯ぐらいはよかろう。この解放感は至福のひとときだ。

こんなことを想像して心がはやる。

やがてどんと買いそうな気分である。8パーセントなんて関係ないと呟きながら。

（平成十六年三月）

庭も世代交代

ついこの間まで雪吊りの中から健気に顔を出している山茶花を見て「白い雪と赤の対比がきれいだね」と喋っていたのに、もう初夏である。

白のつつじのあとに、いまピンクのつつじが花をつけている。四株あるつつじは、毎年咲き出す順番が決まっているから不思議である。足元には斑入りのあまどころ（いけばなでは鳴子百合と言っている）が瑞々しく群れている。

会社のガラス越しに見える我が家の庭である。

紫陽花がそれぞれに蕾をつけてきた。昔からあるのは手鞠のようなコロンとした大きな花で、私の背丈以上もある。

母の日に、東京の息子から鉢物で送られてきたのを地植えしたものや、嫁が紫陽花が好きなので何となく増えた。

十年近く前に孫が通っていた保育園の近くの家に、目を引く美しい紫陽花が咲いていた。嫁が菓子箱持参で枝を切って貰った。挿し木したけれど根付かなかったらしい。塀の際《きわ》にこのてがしわが何の手入れもしないのに、丸っこい形を保って納まっている。これは若い頃、華道展の大作用に仕入れた。根っこ付きで届いたので、植えておいたものだ。

庭の奥には細い竹が二十本近く生えているが、うっかりしていると貧弱な筍がニョキニョキ出てくる。取ってしまわないとこれ以上本数を増やしたくない。味噌汁に入れる。

平成十八年、西側の三階建て隣家が壊された。今まで日陰だった庭の木々に強い西日が当たるようになり、環境の変化に植物たちはとまどったらしい。老木の樫が見る見るうちに背丈を伸ばし、二本ある松は元気がない。

部屋の掃除より庭の草をむしることの方が好きだったお手伝いの人が、数年前に旦那の介護でやめてしまった。

木々の剪定にこまめに来ていた庭師も、腰を傷めたとかで雪吊りと消毒以外はご無沙汰となった。

茂り過ぎた暑苦しい庭を眺め、丈の低い木だけでも花鋏でチョンチョンと剪定したいと思うけれど、今の私にはできない。はがゆい。私は飛び石に躓かないように杖を突きながら、庭を歩くだけで精いっぱいである。

朝、出勤して来ると、嫁がつば広の帽子をかぶり、白地にブルーの横縞の半袖シャツも若々しく、七分ズボンに突っ掛けを履き、竹箒で枯葉をかいがいしく掃き集めている。ホースで勢いよく水を撒く姿も羨ましい。

私は事務所の机から庭を眺めるだけである。筧から水が常に一滴ずつ手水鉢に落ちていて、珍しい鳥、ハトが水を飲んだり水浴びをしたりしに来る。最近はでっかいカラスまでが来るようになりギョッとする。口に餌をくわえてやって来て、手水鉢の縁に仮置きをし、水を飲んだあとまた餌をくわえて飛んでいく。にくたらしい。

そろそろ、造林、緑化造園を営んでいる高岡の娘が、朝顔の苗をいっぱい持参して来る頃だろうか。そうしたら嫁が二階のベランダの手摺から下へ紐を垂らし、固定する作業をし始める。

（平成二十六年六月）

忙しいことは嬉しいこと

「することがない」ということは憂うつなことである。

私の家の向かいに二階建てのアパートがある。そこに住む小柄なお爺さんが、夏ならばすててこ姿で両手を後で組み、歩道に立って、ウロウロしている。やや腰を曲げながら、あっちこっちを眺めたり、何か事故でもあれば野次馬したり。することがないのだと思う。あれ？それを眺めている自分も暇なのか。いや、私は高い所に住んでいるので、ベランダで干し物をしたり、食卓にお茶椀を並べながらでもよく見えるのである。

私は会社の仕事の大半を嫁に引き継いだ。家事よりも机の上の仕事に生き甲斐を感じている自分は、机の上の暇なのが苦手である。体のやり場がない。

勤務中暇なときは用事を拵えて銀行へ行ってみる。郵便局へも行ってみる。腰を傷めているので歩き方がおぼつかないらしく、帰り際に「お気をつけて」と後から声がかかる。無理矢理に仕事を作るよう努力するのも、自分ながら情けない。

一旦渡してしまった仕事を未練がましくやってみたりする。全くやらないでいると、やり方や理屈を忘れてしまう。質問を受けた場合、それでは困る。英語を話せる人が、普段使わないでいると忘れてしまうようなものだ。

梅雨どきのむしむしっとした日、または台風が近づいてきたときの異常な暑さの日などは気怠《けだる》く、やる気をなくする。そんなときはビタミンＢＩ剤とか、牛黄を飲んで必死に正常を取り戻そうともがく。

それでも経理の仕事や、文を書くことが調子に乗ってくるとシャキッとする。さきほどの気怠さもどこかへ吹っ飛んでしまう。そうしたらしめたものだ。

要するに自分の好きなことをやると、体がそれに反応してやる気が出てくるらしい。忙しいことは嬉しいことである。

若い頃、机の上にあの仕事もこの仕事も出していた。やる仕事だけを出し、一つずつ片付けていけばいいことはわかっている。だが社長であった夫が「あれはどうなった」「これはどうしている」と矢継早に問いかけてくると、いろんな書類や帳簿で机の上が戦場みたいになった。今暇になったのは人生の終着駅に近くなったということか。

うちの嫁は、地域の児童クラブ、その他の活動で夏の行事に追われている。打ち合せや人集め、景品の購入など。災害の時の炊き出しの講習も、自主防災会の指導で消防署の人も呼んで行うらしい。会社の仕事をしながらなので大変そうである。

こういうことが歳老いてから「あの時はよくやった」と、いい思い出になるのだと思う。自分もそうであるから。

近頃は体を動かす仕事が億劫になってきた。

戦後、仕事一筋に生きてきた自分は、机の上の仕事だけでも気を緩めることなく、忙しいまま人生を終わりたいと思うのである。

（平成二十六年八月）

久し振りに熱中したこと

夫の同級会は、富山県立砺波中学校三十三回卒業生、「参々会」という。毎年、会報を発行している。だが百四十七人いた会員は、今や四十八名となってしまった。参々会は来年の米寿で幕を閉じる。よくぞここまで頑張った。拍手を送りたい。

県内の四地区交替で幹事を引き受けているが、今年は富山当番である。会報の編集を引き受けていたNさん、写真を撮るのがうまかったSさんも今はいない。体調のよくない人もいるので、世話は夫がやらねばならない。

総会の案内や会報の原稿の依頼はやったが、編集については苦手で、最初から私にさせる心算でいる。「私の同級会でもないのに」と少し口をとがらせたが、内心は「よし、やろう！」と思っている。

昔、子どもが小学生のとき、校内p・T・A新聞を二年間発行したことがある。そのときは紙面が八ページに限られており、ニュースが多いときは写真も入れたいし、字数を削るのに苦労をした。

そんな経験がある私は、参々会の会報はページ数が自由なので楽だろうと思っていた。ところが集まってきた原稿を読んでみて、案外大変なことに気付いた。

ワープロで打ってくる人は読み易いが、気を付けていないと同じ発音の語句で違った意味の漢字が印字されていることがある。例えば「体制」と「体勢」、「優位」と「有意」などである。

手書きの原稿は楷書で書いてあるのはいいが、くせのある字で判読しづらいのは、本人にいちいち電話をかけて聞いた。

編集は校歌から始まって、会長の挨拶、寄せられた原稿やスナップ写真の数々、受章された方のお知らせ、各人の近況報告、ご遺族からの礼状、会計報告、名簿など等である。

昨年春、富山市松川べりの満開の桜をカメラ片手に何枚も撮った。その中の一枚を表紙に持ってくることにした。その写真がまさかこんな所で役に立つとは思ってもいなかった。

今晩は夜鍋仕事だ。早く印刷屋に出さないと気掛かりである。

「夕食はレトルトカレーにするね」

夫は「仕方ない」というような顔でそれに従った。福神漬とらっきょうを添えて案外美味しかった。

好きなことをやっているので面白く、本業はそっちのけである。

七月末に印刷屋へ渡し、お盆の休み明けに校正刷りが出来てきた。

原稿は七月二十日締め切りだったのに、一人一か月遅れで送られてきた。年寄りは仕様がないね（自分も年寄りだけど）。

校正は二回やった。夫はさらりと見て「いいのになった。これでよい」と言うけれど、私の方が熱中し、こだわっている。「イヤ、一、二か所訂正したいところを見付けた」と。

いよいよ明日辺りは出来上がってくる。そのときは嬉しくて桜の下を赤い遊覧船が進む表紙を、何度も撫でることであろう。


（平成二十六年九月）

落ち着かない乗り物

「明日の朝、五時半にタクシーお願いします」

「いやぁ、予約がいっぱいでお受けできませんヮ」

「電車は六時十二分なんですが、何時ならこれる？」

「五時なら大丈夫です」

四月十一日土曜日の予約である。早過ぎるけれど仕方がない。

次の朝、新しく出来た富山駅に五時到着。あれ？切符売場も新幹線改札口もシャッターが下りている。

だだっ広く寒い構内には、木の硬いベンチが数か所にあるだけ。暖かい待合室がほしいよう。

五時四十分、漸くシャッターが上がり切符を販売。前のお客さんえらく長い。「このおっちゃん、窓口で、乗る電車の相談かよ。前もって時刻表で段取りしてきてよ」といらいら。初めての新幹線利用なので、早くホームに入りたいのである。名古屋往復を購入。片道につき三枚の特急券を手にする。新幹線に乗り、金沢まで二十分あまりで着く。コートは着たまま、荷物も網棚に載せる暇もない。初めてのお宅にお伺いしたような窮屈な感じである。金沢で特急しらさぎに乗り換え、どっかと腰を下ろす。「あーあ」と思わず安堵の声。やっと古巣へ戻ってきた気分である。

真冬を除いて年十回ぐらい名古屋へいけばなの勉強に行っている。三月十四日、北陸新幹線開業と同時にしらさぎが富山駅に乗り入れしなくなり、金沢発着となった。しかも、このしらさぎは米原止まりである。直通のは朝一番の新幹線で来ても間に合わない。

まあいいか。米原までは二時間ある。朝ご飯を食べよう。車内販売がないので前日に買っておいた笹寿司、お茶、フルーツなどを広げる。幸せな時間である。電車は空いている。暫し休憩。

米原駅では、新幹線ひかりの自由席確保のため、皆さん急ぎ足。ひかり号でも落ち着かない。三十分足らずで名古屋駅到着。慌ただしかった。その内、慣れるだろうか。

四月十八日、いけばな小原流富山支部の創立五十周年の華道展が開催された。近畿、中部地区の流内支部からも多くの方々がご来場くださった。皆さん不便だったろうなぁ。大阪からお見えになった七十代女性の先生に「ご不便でしたでしょう」と申し訳ない気持ちで申し上げたら「お陰様で北陸新幹線に乗ることが出来ました。二駅だけですけどね」と、にこやかにゆったりとおっしゃった。

ああ、そういう考え方、心の持ち方もあったのだ。心の中で愚痴をいっぱい言っていた自分は、反省すること頻《しき》りである。


（平成二十七年四月）

用心するに越したことはない

「金庫、鍵しめた?」

夕方社員が帰ってから、息子が嫁に言う言葉である。息子は用心深く、嫁は肝っ玉が太く呑気なところがある。

うちの事務所の金庫はクマヒラである。夫が昭和四十年頃に設置した。

「高価だったけれど、いい金庫なんだ」

とよく私に言う。符号錠とシリンダー錠の両方を施錠せねばならない。鍵は精巧に作られているそうだ。近くの銀行もクマヒラらしい。

昭和三十年代にはS町の木造の家に住んでいた。事務所の床はコンクリートで土足、角《かど》家《いえ》で、横の道路側には粗末なガラス窓が入っていた。間口は狭く、奥に長い建物だった。

その時の金庫は、やや小型でダイヤルが一箇所だけについた簡単なものだった。金庫というより帳簿類を入れていた。現在のようにパソコンもなく、すべて手書きの帳簿は紛失したら大変だった。

その金庫は壁側に置き、上に鷲の銅器の置物が飾ってあった。

現金、手形、銀行の通帳、印鑑の類は黒の手提げ金庫に入れ、次の部屋の押入れに入れていた。私の机からは見える場所だ。

夜寝るときは二階の寝室に持って上がった。世の中が物騒でなかった時代のことである。得意先からの入金は、郵送ではなく一々集金に歩いた。新潟県への得意先へは、夫や従業員が国鉄で伺った。

自分も一度だけ県西部の集金をしたことがある。

「手形の期日長くないですか」と社長に言った。その頃はほとんど個人企業だったように思う。経理の仕事は代表者自らが携わっていた。ある事務所には奥さんや幼い子どももおられた。

「そうだなぁ、女性がわざわざ集金に来られたのだから、一ヶ月短くするか。あんたの旦那さんならそういうわけにいかないけど」と言って期日を短くしてもらったことがある。のんびりした時代だったとつくづく思う。

事務に携わっている従業員も、その日の仕事が片付くまで自主的に時間延長でやってくれた。

こんなことを書きながら、タイム・マシーンで六十年前に降り立ったような気分である。今はお役所関係の書類も電子化され、約束手形もだんだん電子債権に移行されつつある。これから六十年後はどんな世の中になっているだろうか。浦島太郎どころではないかも知れない。

それでも異常気象が多発するこの頃、洪水に備えて手形、印鑑、決算書などは上段がいいかなと考えたりする。

泥棒、いや強盗に関しては警備保障会社と保守契約を結んでいるので安心なのだが、つい万一を考える。用心をするに越したことはないか。

「金庫、鍵しめた？」の声を今日も聞く。

（平成二十八年二月）

好ききらい

好ききらいというと、とかく食べ物のことかと思われる。私がいう好ききらいは日常の一日のうちでの時間の移動のことである。

八十三歳の自分は、今でも自営の会社に出勤している。社長は息子だ。一日机に向かってペンを動かしていれば、心穏やかである。つまり、机の上の仕事が好きなのだ。

ところがこの歳になると体も時々動かさないと、ひざが硬直する。ヨーロッパへ行くときの飛行機に乗っているようなものだ。エコノミー症候群となる。だからなるべくこまめに席を立つようにしている。

朝、一日の段取りをする。「今日は銀行へ行ってこよう」、或いは「デパ地下であれとあれを買ってこよう」ということになると机の上の仕事を中断して、次の行動に移らねばならない。それが億劫なのだ。

デパートへ行ったら行ったで結構楽しいのであるが、机から離れるのが面倒に思う。休日、家にいても同じことが言える。

朝起きてから軽い体操、洗濯、朝食の支度、化粧、新聞に目を通す、それまでは流れ作業というか、お決まりコースだからいい。

ところが掃除となると「うっ」と思う。歳を取ったら体を動かすことがどうも苦手になった。

掃除をしている最中は「きれいにしよう」と一生懸命。終わったあともすがすがしい気分で「やってよかった」と思う。

私は4LDKのマンションに住んでいる。ベランダ、エレベーターホール、ガスレンジの周り、排水口の清掃、そんなところもやるとなると一度では無理。丁寧にやりたい性分だから、今日はこの部屋とここの部分をと、家中をこま切れにしてやる。

午後は文を書いたり、パソコンに向かったり、季節の衣類の入れ替え、不要な物を捨てる作業と結構忙しい。

文を入力している最中に夫が「額を天袋から出すから受け取ってくれ」と言われるのも煩わしい。

旅行は好きだが二泊以上の荷物を作るのは面倒だ。今は専ら国内旅行だが、若い頃、年一回の海外旅行の荷物作りは旅の夢がふくらんで楽しかったのに。どうなったのだろう。最近は医者通いも増えてきた。好きなときに行く医者はいいとして、予約制の病院はどうしても時間に縛られる。やっていることを中断して向かわなくてはいけない。以上、あれやこれやと日常のことを書いてみたけれど、私って融通のきかない人間なのかなぁ——。

（平成二十八年二月）

第二章　周囲の人々

リビング・ウィル

リビング・ウィルという言葉を、ある本で初めて知った。

古いクラウン英和辞典を繰ってみると、リビングは「生きている」、ウィルは「意志」または「遺言」ともいう、とある。

つまりリビング・ウィルは、重病になって判断ができなくなる前に、治療についての希望を書類に書いておくことのようだ。主に、無駄な延命治療をしないでほしい、というのが主旨らしい。もちろん、してほしいということも含む。何もこんなカタカナを使わなくても日本語でいいのでないか。

少し若い頃、ある人を見舞ったことがある。その人は意識がなかった。誰が見舞いに来たかもわからない。

体はスパゲティ症候群であった。人工呼吸器の管や心電図の機械、栄養補給の管、排泄処理の管など等。体は生きているが脳が侵され、精神も失っている。哀れという他はない。

患者の命を救うことが医者の務めとはいえ、私だったらそのまま死なせてほしいと思う。夫は公証人役場で、尊厳死宣言公正証書を何年も前に作成済みである。金庫にしまってあるが、しまい忘れのないよう、私は時々確認している。

私に「延命治療は絶対イヤだからね」と何べんも言う。家族の同意も必要らしい。

ちょっと待って。私が先に逝くかも知れないのに……。公証人役場云々はやらないとしても私も書面にて自筆で書いておこうかな。印鑑を押して。夫も私も八十代である。家族は同意してくれるだろう。

子どもたちに顔をのぞき込まれて死ぬのは断る。触れば砕けてしまいそうな親を見るのは辛いものだから。

過去の情景を、もう役に立たなくなった脳髄の襞に描きながら、ひっそり死ぬのも悪くはない。苦しむのだけはイヤだ。

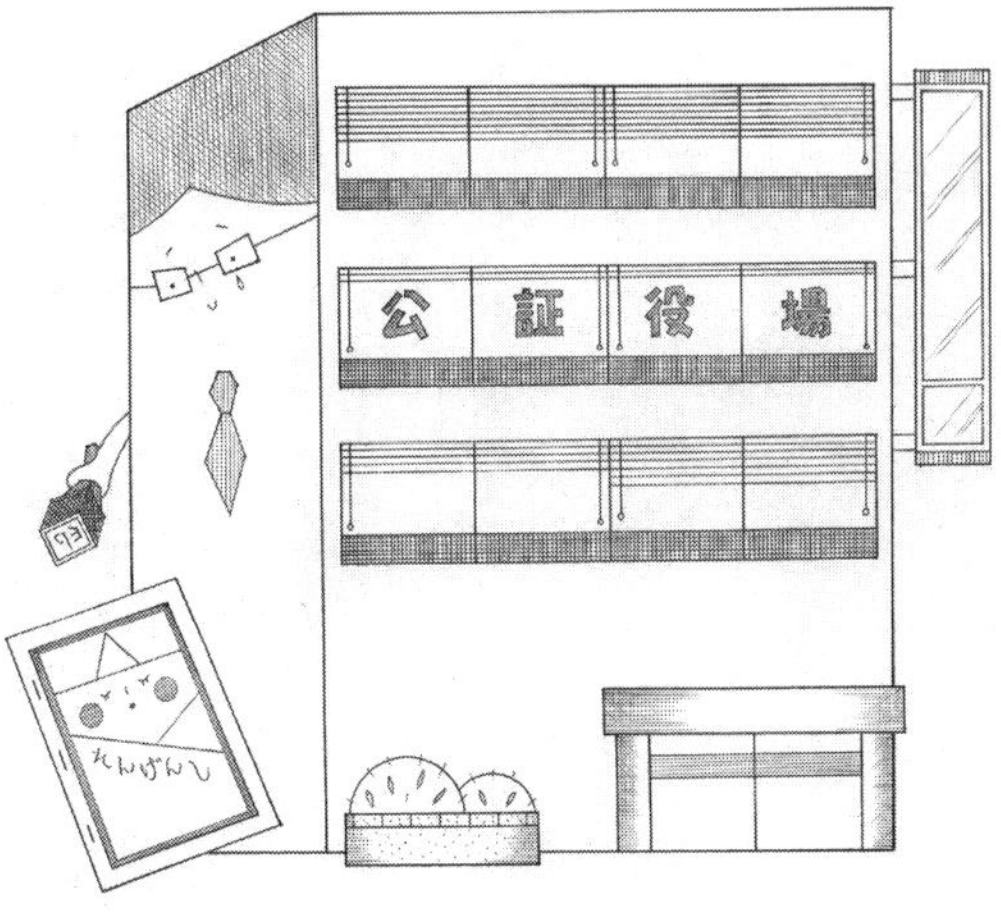

私の人生、やりたいことを好きなようにやらせてもらってきた。いけばな活動にとことん首を突っ込むことができたのも、また、人は笑うかもしれないが、三十代で娘と一緒にバレエを習うことができたのも夫のおかげである。

夫は「こんなことをしてはいけない、あんなこともしてはいけない」など、ひとことも言わなかった。のびのびと生きてきた。悔いはない。

学校生活も思いっきり楽しんだ。初恋もした。もし悔いがあるとすれば、どうしてもっと真剣に勉強をしなかったかということだ。

結婚後は三人のいい子に恵まれ、息子の嫁とも気が合う。

閑話休題。

どうして私はこんなことを書いてしまったのか。早過ぎないだろうか。もっと前向きなことを書きたかったのだけれど。

人生、感謝の気持ちを持っていれば毎日が楽しい。まだまだ生きなくっちゃ。それには頭脳明晰でなくてはならない。惚けてなんかいられない。

（平成二十五年六月）

地獄の釜は休まない

東京に住む長男から「お盆休みを利用してヨーロッパに行ってくる」と連絡があった。少年野球の監督をしている二男も「ちょうど八月十五日前後に、北信越の大会が富山であるので、自分も下の子もお墓参りは揃って行けない」と申し出た。それで夫の実家へのお盆の挨拶と墓参りは、私たち夫婦と二男の嫁、上の孫の四人だけで行った。永年、全員揃ってのお盆の行事が、今年はどういう訳か足場が崩れるようにばらばらになった。

一族が約束の時刻にお墓に集合してみると、夫の実家の家族も町の野球監督やら、勤め先の仕事の都合とかで人数が欠けていた。

それに反して、一年間お墓とご無沙汰している間に、お寺の敷地内にはところ狭しと新しいお墓が立ち並んでいた。私が「お墓銀座だね」と言ったら、読経をしてくれた住職さんが笑った。

旧盆といえば地獄の釜も休むとかで、昔はどこもかしこも休みだった。ところがいまは夏のイベントが目白押しにある。住職さんが言っていた。「最近のお墓参りは、お盆の一週間前の土、日に来られたり、だんだんお参りの日が分散の傾向にあります」と。

私が子どもの頃、富山県の西部は八月十五日に墓参りするのが習わしだった。朝六時頃、いい服を着せられ家族揃って墓地に向かったものだ。

井波町のお墓は瑞泉寺の後ろ、八乙女山の麓にある。墓地への道は老若男女家族単位で往き来した。顔見知りの人には丁寧にお盆の挨拶である。「盆前はいろいろ有難うございました。今後ともよろしくお願いいたします」とか「あら、お息災ですか」とか。普段はひっそりしている道も、この日ばかりは町中の人で賑わった。引っ込みがちな母は、それらのことが煩わしく、自分だけ朝四時にお参りをすませていた。

私の娘が京都の大学に行っているとき、「大文字焼きを見たいから、今年はお盆に帰省しない」と言ったことがある。昔かたぎだった夫は「お盆にはちゃんと帰って来るものだ」と許さなかった。娘はしぶしぶ帰って来た。

さて、九月に入って帰省した長男はヨーロッパ旅行について「三カ国駆け足で移動ばかりしていた」と言いながら、それでも私たちそれぞれにお土産を買ってきてくれた。

少年野球の方も、まあまあの成績であったらしい。夫の実家で恒例のうな重を食べ損なった下の孫が「うなぎを食べたい」と口をとがらせた。

そういう訳で世の中が年々変わってきた。夫もその波に押されてか、あまりうるさいことを言わなくなった。

（平成二十五年九月）

惚けてなんかいられない

この度出版した「生きることの幸せをどうぞ」の文庫本を、東京近辺に住む同級生二人に送った。二人とも高校時代の水泳部の仲間で、エッセイの中に登場している人である。

次の日、二人から同じような時刻に電話があった。いま郵便屋が配達したばかりなのか、本はまだ読んでいない風である。久し振りに昔話に花が咲いた。

「私達八十歳になったのね。昔八十歳といえば〝縁側でネコと居眠り〟のイメージなんだけど。いまの八十歳はまだバリバリよ。気持も若いし。惚けてなんかいられないよね」

と、日本画を趣味としている友が電話の向こうで笑いながら言った。

「そうね。あなたはまだ一生懸命描いていらっしゃるんでしょ。大きい作品だと体力がいると思うけど」

「うん、でも頑張っているの。自分の好きなことだから」

なるほど。私と同《おんな》じだ。いけばな、文を作ること、好きなことなら頑張れる。いろいろ話をしたあと、彼女は「来年のお正月は孫を連れて伊勢神宮にお参りしようと思うの」と言って電話を切った。

もう一人の友も高校時代のこと、いまのことなど語ってくれた。

北陸三県水泳大会出場の前日、○○さん（私の旧姓）とこへ遊びに行った。あなたのお母さんが「滋養をつけられ」と生卵を、パンと割ってくださって、ご飯にかけて食べた。

「えっ、生卵かけご飯？　そんなお粗末な食事を」

六十年前のそんなどうでもいいことを、よく覚えている。よほど嬉しかったのだろう。夫に後日その話をしたら、昔、卵は貴重で値段も高かった。食料が豊富でないとき、卵は滋養源だった、と話してくれた。

「僕が小学校のときお弁当に時々卵焼きが入っていた。クラスの皆が羨ましがってね。○○君の弁当は毎日ごはんと梅干だけだった。アルミは酸に弱いから、彼の弁当箱はボコボコになって穴が開きそうだった」と語った。

さっきの東京の友だち、「あんたはご主人が健在だから幸せよ。私は五十代のときに主人を亡くした」

話はまだ続く。「若いとき自由形の選手だったのに、いまはバタ足がうまく出来ないの」

「へえー」と私。「プールで練習していたら『あんた邪魔だから向こうのコースに移動してくれないかな』と言われ、腹が立ったのでプールへ行くの止めた」

彼女はなお続けた。

「私は糖尿病なので自分で注射をしている。注射のおかげで三十年も長生きさせていただいた。でもね、あまり長生きしても周りの友だちがだんだん亡くなっていくからあいそんない（寂しい）」

あいそんないという言葉、久し振りで聞いた。懐かしい言葉である。私は笑った。

「黒田さんと喋っていたら方言丸出しになってくるわ」と彼女が言った。ということは、私もおおっぴらに富山弁で喋っているということか。気がつかなかった。

三人の結論は、惚けてなんかいられません。毎日を元気でやりましょう──ということに。

（平成二十五年十二月）

歳は関係ない

いけばな教室のお弟子さんの一人が、日本現代工芸美術展で初入選をされた。作品はまだ見ていないが革工芸である。

初回は、東京上野の都美術館で他の作品とともに展示されたそうである。その巡回展が七月九日より富山市の市民プラザで開催予定で、間もなくお目にかかる。

そのお祝いを、ささやかながら教室の皆さんとでティーパーティとしゃれた。稽古の一時間前にＤデパート三Ｆの〝カフェモロゾフ〟に、チョッピリおめかしをして集まった。

私は若い頃、夫がタイで買ってきてくれたシルクのスーツを着、胸に今日の主賓の作品である革のコサージをつけて出席した。他に赤とんぼの革のブローチをつけて来た人もいた。入選した彼女からは、以前からストラップやブローチ、花鋏のサックなどをよくいただいている。

大皿に三種類盛り合わせた豪華なスイーツをそれぞれに注文し、コーヒーもお代わりをして、お喋りしながら優雅なひとときを楽しんだ。

私はここ半年間、腰や足の関節の炎症で「痛い、痛い」の憂鬱な日々を延々と経てきた。ここらで気持ちを切り換え、立ち直らないと、このままでは「私らしくないぞ」と思った。楽しいことにも大いに参加しよう。何でもこうと思い立ったら実行だ。

その夜、急ではあったがある方のお通夜にお参りしようと思った。言い訳を並べて家に閉じこもっていては、お参りしなかったことを後悔するに違いない。最後のお別れをしなくてどうする。

亡くなった方には最近お会いしていない。今、私は会社の近くの町内のマンションに住んでいる。若い頃は、会社のある旅籠町に住んでいた。

マンションに住み始めて二十年になるが、旅籠町で過ごした三十年間の思い出は多い。若くてバリバリ活躍していた。「ああ、私のふるさとは旅籠町だったのだ」と、そのときふっと気がついた。人生の内で一番充実した日々を送っていた場所である。

その方とは、町内婦人会の日帰り旅行によくご一緒したり、新年会でもゲームなどして笑い転げた。

私より十八歳も年上という感じは全くなく、可愛い人だった。生意気にも私は同等の立場で喋っていたような気がする。芯のしっかりした人だった。遺影は、にこやかな笑みを湛えておられた。「黒田さん、足痛いのに来てくださったのけ」と言いたげだった。私は深々と頭を下げた。

漸く日々のやる気が出てきた。やらねばならぬことは、やらねばならない。それにしても七十歳で初入選された方は凄い。何をやるにしても歳は関係ない。自分は八十歳になった途端、消極の神が体の中に入ってきた。消極の神を追い出そう。やりたいけれど体が不自由で思うように動けないときは、若い人に少しぐらい助けてもらってもいいのではなかろうか。

やらねばならぬことは、やらなくてはいけない。実行！

（平成二十六年七月）

あじさい

あじさいの季節になった。あじさいといえばかたつむりを思い出すが、ここ暫くは一向に降らず暑い日が続く。

家の庭にはあじさいが五株植わっている。嫁はあじさいが好きだ。

昔からある古い株の大きいのは、薄いピンクで大ぶりの花が咲く。遠目には見事であるが、近寄ってみれば失礼ながらそれほど美しくもない。

〝墨田の花火〟は、正に夜空に広がる花火のようでいっぱい咲き派手である。これは白。

何年か前の母の日に東京の息子から送られてきたのは丈が伸び、薄紫の小ぶりな額あじさいが太陽に向かって咲いている。二階のベランダから眺めるとちょうどよい。我が子がくれたものはいとおしく思う。

他に苗木屋で買ったもの、山王祭で手に入れたものなどある。

嫁が食卓に一通りのあじさいを一輪ずつ並べて楽しんでいるのは微笑ましい。

濃いブルーのが欲しいのだけれど、何故か我が家のは土壌の関係でピンク系が多い。中学生の孫が保育園に通っていた頃、途中の家の前に美しいあじさいが咲いていた。嫁は欲しくてたまらず、挿し木にしたいからと菓子折持参で二、三本分けて貰った。でもそれは枯れてしまったと、残念がっている。

庭にいろいろ咲いてくれるけれど、やっぱり昔からあるのが女王様かな。横に植えてあるみかんの木も広がって、縄張り争いをしている。

今日、近所のかかり付けの医院に行って来た。血圧の薬を貰ったあと、看護師さんと二言、三言喋る。相手も女性だから服装や帽子とかの話になると、今までの事務的な顔が急に笑顔になって乗ってくる。帰り、医院の日の当たらない窓辺の樹木の陰に、額あじさいがひっそりと咲いていた。

毎日通る道のあじさいは、もう少し花を観賞したかったのに、今日通ったらもう剪定してしまってあり、がっかりした。

あじさいの花は、秋まで観賞すると次の花芽をつけるエネルギーが尽きてしまって、翌年は花をつけないということを聞いた。それに花芽がつくのは八月頃とのことである。それで剪定されたのであろう。

今年も息子からびっくりするほど大きい花のあじさいが届いた。庭のどこに植えてもらおうか。庭中があじさいになってしまう。鎌倉や京都のあじさい寺とまではいかないけれどね。

（平成二十七年六月）

幕を閉じた参々会

昨日は夫の同級会「参々会」の最後の会だった。

夫は、旧制富山県立砺波中学を終戦の年に卒業した。今年は卒業七十年目である。

彼らは会員から原稿を募集し、会報を発行した。会報は二十三号まで続いた。一般的には三号か、せいぜい続いても四号ぐらいで立ち消えとなるものである。実に辛抱強く続いた。学校の同窓会事務局によれば、毎回会報を発行している学年は皆無とのことである。

最終号に集まった原稿は、若い頃を振り返ったものが多かった。

昭和十五年の皇紀二千六百年奉祝のこと、戦中の学徒動員では軍需工場で飛行機のエンジンの部品を作ったことや、校歌の分析などである。中には原水爆保持国についての論、人間形成の一番大事な時期に、参々会の友と切磋琢磨できたことへの感謝など等もあった。

百七十四名いた同級生は、四十七名となった。その寂しい気持ちの中、今こうして比較的元気に生活していることへの感謝もあった。

夫は平成五年から会長を引き受けており、会計や事務的なことは私の仕事となった。「私の同級会でもないのに」と夫に文句を言いながらも結構楽しんだ。最後の数年間は、むしろ自分も参々会の一員となった気分であった。会報二十二号の編集は自分が担当し、一人で大変だったが、久し振りに一つのことに集中したことの達成感を味わった。

記念写真を見ても「この人は○○さん」と顔も覚えてしまった。

最終回の参加者は十四名だった。もっと続けば……と思う半面、病気を抱えながら参加している人もいる。遠方に住む人は、遠出の自信がないとか、当番地区のお世話される人も一人か二人になってしまった。幸い会長である夫と補佐する自分は曲がりなりにも元気だが、米寿の今年がいい潮時だと思う。

これから欠席者に最終号を発送し、私も参々会とお別れになる。

「祝、卒業七十周年」と書いた紅白の万寿を記念に参々会は惜しまれながら幕を閉じた。

この上は残っている四十七名の方々のご健康を祈る気持ちでいっぱいである。

（平成二十七年十一月）

エレベーター騒ぎ

マンションのエレベーターがリニューアル工事のため、三月十四日からまる五日間、昼夜連続で動かなくなる。その間、非常階段を利用することになるのだ。

私たち老夫婦は六階に住んでいる。夫は心臓が弱く息切れがするし、私は足に障害を持っている。

一ヶ月も前から知らされていたが「まだ日があるし、三月半ばともなれば暖かくなるであろう。何とかなるさ」ぐらいに思っていた。嫁が「家に泊まられたら？部屋も空いているし…」と言ってくれた。

非常階段入口の鍵は一つしかないので、合鍵を作って来た。鍵穴に差し込んでみたが、普段使ったことがないのでぎこちない感じがした。

夫が旅行会社のチラシを見ていて「加賀温泉にでも一泊してくるか」と言った。私は「三時チェックインで次の朝十時にもうチェックアウトだわ。エレベーターの足しにはならない」と言った。

「おっ、ここに九州の旅五日間がある。十三日出発だけれど、ちょうどいいのでないか」

夫は早速問い合わせてくれた。

「このコースは満席だって。四月なら空いているそうだが、四月では意味がないしね」

「もう一日足したらインドのがあるよ。エレベーター止まる日と関係ないけど」と夫が興味津津な顔で言った。「タージ・マハル見たことないし、全日空直行便だぜ」

そんなわけでお互いに自分の手帳と相談して、八月はじめのコースに申し込んでしまった。パスポートは二年ほど前に十年のを取得しているから、十分余裕はある。

海外旅行はもう諦めていたけれど、ビジネスクラスだから機内はゆったりできよう。

「気温はどうだろう」

「スーツケースは大きいのが要るね」

もう二人の夢は膨らんでいる。
二、三日後に旅行会社から書類がドサリと送られてきた。
ところが海外旅行となるといろいろ面倒だ。パスポートのコピーやら、緊急連絡先、海外旅行保険、おまけにインドはビザが必要である。本籍地、学歴、宗教、更に亡くなった両親の名前まで記入せねばならない。

証明写真は、頭からあごまでが何センチ、目の位置から写真の底面までが何センチとある。これは写真屋にまかせればいいとしても、うるさいこと極まりない。

その上、チラシには書いてなかったが、フライトが九時間とある。ヨーロッパとあまり変わらないではないか。

慣れない書類の記入をようやく終えた次の日、夫が「やっぱりインド行き取り止めようか」と言った。

「何か予定が入ったのですか」

「うん、それもそうだけれど、例えビジネスクラスでも九時間のフライトは自信がなくなってきた。途中で体の調子悪くなったら人に迷惑をかけるし…」

夫はあと数日で八十七歳の誕生日を迎える。外国となると、国内旅行とは違って気分的にも緊張をする。私も内心ほっとした。外国行きは何かと面倒くさい年ごろになった。

そういうわけで、勢いに乗って申し込んだインド旅行は泡となって消えた。

そうこうしているうちに、明日からエレベーターが止まる。

（平成二十八年三月）

魔法がかかった焼菓子

神戸のある雲の上の方からクッキーが送られてきた。「あれっ」とびっくりした。最近、地元の新聞にその方のご祖父様の業績が掲載されていたので、郵送して差し上げた。そのお礼らしい。お忙しい方なので返事は全く期待していなかった。ご祖父様は富山市の出身である。

送り主の人とは滅多にお会いしない。年に一、二回県外でお会いすることはあっても、微笑みをもって恭しくお辞儀をするだけである。とてもお優しい方で、たまに私の不自由な足を気遣ってくださったりする。

クッキーは畏れ多くてしばらくは封を開けられなかった。

心の友（心友）に「どうしよう。○○様からクッキーをいただいた。勿体なくて食べられない」とメールをした。

「すごいですね。感激ですね。先生の真心の賜物、私も嬉しく思います」とすぐ返事があった。

心の友というのは、クッキーの箱に書いてあった言葉から取った。～friend of mind～

親友というだけでは語り尽くせない心の友。スイスでの孤独で過酷な洋菓子修業時代を支えてくれた大恩人に感謝をこめて。とあり、焼菓子の名は「心友」。

箱に銀色の文字で書かれ、洋館の絵がさらさらとスケッチしてある。

ひとつとして同じものがない、こだわりの焼菓子が並んでいる。嬉しくて嬉しくて、しばらくは眺めてばかりいた。

勿体ぶって嫁さんに数枚分けてあげた。「あら大事なの貰って…」と嫁さんは恐縮した。

夜、夫が一つ口に入れた。「普通のクッキーやないけ（じゃないか）。大騒ぎする

ことはない」と言った。

「だってぇ、特別な人から貰ったのだから」

息子たちの家族とは朝晩別に暮らしている。嫁さんにメールをした。

「お父さんが普通のクッキーだと言われた。ちょっと気分を悪くしたけど、ほとぼりが冷めてみたら、それもそうかなあと思うようになった。貴女もお父さんと同じ気持ちでいたんでしょ」

「ははは、私は食べる前からそんなもんだろうと思ってましたゎ。普通のお菓子でも貰った相手やいきさつによって、魔法がかかったように美味しく素敵に✧✧感じるもんです。それでいいんでないですかね」

「なかなか悟りきったことをおっしゃいますね。人生の達人みたい。参ったね××。」

「どうだo(`∀´)o」

焼菓子は大切に大切にいただいたことはいうまでもない。

「ああ美味しい」

送っていただいた方に、感謝することしきりである。


（平成二十八年三月）

エレベーターが止まった

私が住んでいる十階建てのマンションのエレベーターが、改修工事のため五日間使えなくなる。

私は六階に住んでいる。非常階段の利用ということになるので、スペアキーを作った。一つは夫に、もう一つは近くに住む嫁に渡した。

夫が前の日、練習のため上ってみた。

「えっ、もう上ってきたの」

「少し息切れがしたけれど、思ったより大変じゃなかった」

八十七歳の夫は足が達者である。三百六十五日、朝五時半に散歩に出掛けている。吹雪であろうが、飛ばされそうな強い風の日であろうが欠かしたことがない。私などその間は洗濯をしたり、ベッドの上での軽い体操をするだけである。

夕方会社から帰ると、先ず一階非常階段入口のお粗末なドアの鍵を開ける。内側に入ると自動的に鍵がかかって外からは入れない。

いよいよ上り出す。手摺りが片方だけについている。私は予め軍手を用意しておいた。手摺りは埃がついているので、軍手は汚くなった。足の悪い私は手摺りなしでは上れないのだ。

一日目は辺りの景色をキョロキョロ眺めながら楽に上れた。いつも見ている風景が新鮮だった。「あれっ、もう四階だ」踊り場には形のいい植木の鉢を、上ってくる人の目を楽しませるために置いてくださっている。誰言うとなく各フロアの人たちは、自分の近辺の掃除をしている。

二日目、昨日は楽に上れたのに今日は「まだ四階?」ということに。階段は七、八段上ると踊り場があり螺旋になっている。踊り場は呼吸を整える場所だ。

朝は通勤時間なので、若い人が挨拶をして追い越して行く。階段の幅は広い。

四日目、嫁が買物をして届けてくれた。

「いい景色、いい景色と調子に乗ってうっかり七階まで行ってしまった」と笑って話をした。嫁は昨年、富山マラソンに出場をしているのでラクチンなのだろう。

いつも私ににこやかに挨拶される八階の奥さんには、二歳と四歳ぐらいのお子さんがいる。グチもこぼさず上り下りされていた。引越を前にして、いい思い出となったことであろう。

皆は協力的であった。管理人に文句を言う人なんていなかった。

この階段は屋根はあるが、雨が降れば横から吹きつける。足元もぬれるので危ない。五日間、傘をさすことがなかったのは幸いであった。

（平成二十八年三月）

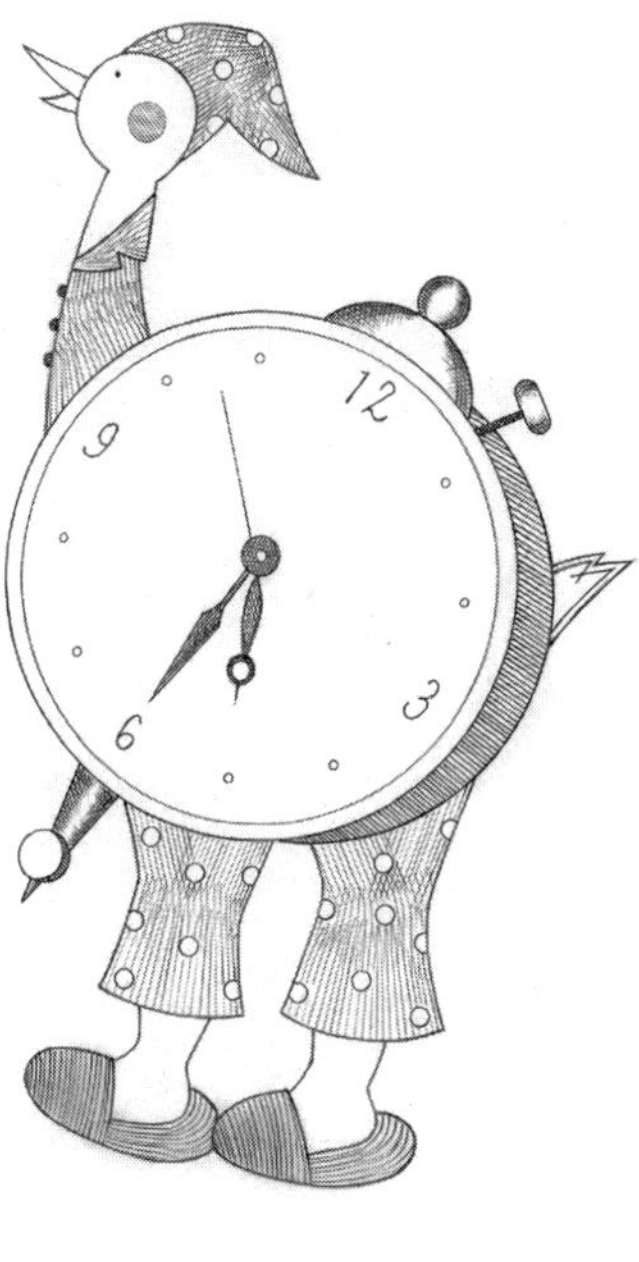

五十年前のご近所

耳鼻科の医院に行く道は幾通りもある。若い頃に住んでいたところを通ってみることにした。

この辺は道路に沿って家が建ち並んでいたのに、Yさん、Sさんそれぞれ道路より奥へ引っ込んで、前が駐車場になっている。

ビジネス旅館も姿を消した。前庭には小さな池に噴水があった。ここには娘より一つ、二つ年上の女の子がいたっけ。

Yさんは、教育に携わっていた女の先生。うちの長男が小学校のとき、勉強をせず宿題もしないので、家庭教師として暫く来てもらったことがある。

だが布団をかぶって「今、冬ごもり中」とか、「ああ宿題をしないと地球が全滅する」とか言っているだけで、なかなか勉強をする態勢に入らなかった。先生は手こずったと思う。

ここは歯医者さんだった。肥えた女医さんで、地元小学校の校医さんでもあった。息子が三歳の頃、麻酔もせずに虫歯を削られた。「痛い、痛い」と涙をポロポロこぼしながら、それでも息子は動かなかった。「何痛いこっちゃ（何が痛い）」、と先生は平気な顔で削っている。母親としてそばについていて辛かった。

でもこの校医さんは、息子を歯の優良児として校内表彰をしてくださった。

私たちが昔住んでいたところは間口が狭く、奥へ細長い家で四つ角に建っていた。この辺りが台所、汲み取り便所（ボットン便所）があって、日当たりのいい部屋がひと間、ここでは食事もしていた。二階へ行く階段。こんな窮屈な所でよくも生活をしていたものだ。前半分は事務所だった。

今は何を売る店？　カーテンの隙間からアートフラワーがちらっと見えた。今日はお休みなのか――。

そのお向かいが紳士洋服店だった。お父さんが服を縫っていた。私たちが若いときよりも、中年になってT町へ引っ越してから、その店で服を誂えるようになった。

ふっくらとした顔のお母さんが洋服生地を担いで、「いい生地が入荷したので」と見せにきて商売をして行ったっけ。

お二人はとっくに亡くなっている。

洋服屋の横が肉屋さん。肉のほかにコロッケやハムフライ、サラダなどのお惣菜が並んでいて、忙しかった自分にとっては便利な店だった。その店もなくなった。

道をはさんでお隣が質屋さんだったけれど、今は、接骨院になっている。この質屋さんの家の腰板に、運動神経の鈍い私は、スクーターをぶつけたこともあったっけ。

耳鼻科の診療を終えての帰り道、向こうから歩いてこられるのは、娘と同い年のA子ちゃんのお父さんかな。近づいてくるその人も私の顔をじっと見ている。

お互いに気がついて「やあ、お元気ですか」とお父さん。「そちら様もお元気で何よりです。おいくつになられました?」「九十二歳です。M子さんお元気ですか。孫さんできられましたか」とにこにこ顔のお父さん。なかなかお会いしない人に会えた。

若いじぶんよく利用をしたB店で、アイスもなかを買い、急いで帰った。


（平成二十八年八月）

第三章　旅行

山高神代桜《じんだいざくら》

数年前に三春の滝桜を、昨年は岐阜県根尾谷の淡墨桜を鑑賞した。日本三大桜の最後の一つ、山梨県武川町、山高にある神代桜を昨日見てきた。夫がどうしても三大桜を見ておきたいと言った。

四月十三日催行予定の日帰りツアーであったが、いま満開だという情報を得て急きょ三月三十日に変更になった。桜はその年の気候によって開花が前後するので難しい。今年はどこの桜も早いようである。

日本人はどうしてこうも桜が好きなのであろうか。三十六名のうち、毎年どこかの桜ツアーに参加するという人が何人かいた。

さて、山梨県であるから遠い。朝六時に富山を出発して十一時過ぎに八ヶ岳の麓に到着。早めのお昼をすませたのち、途中沿道に咲く桜を眺め、何本も立っている『神代桜』と書かれた幟を見ながら、十二時四十五分頃に目的地の実相寺に着いた。自家用車で来ている人が結構多かった。

立派な格式高いお寺である。『参詣をしたのち、桜をご鑑賞ください』の立札があったが、観光客は読んでいるのかいないのか無視。一目散に神代桜に歩を進めていた。

淡墨桜や三春の滝桜のように広々とした環境に生えているのではなく、石垣や石段に囲まれ、土の盛り上がった境内の隅に老桜は鎮座していた。

石段を下りて道路側からの眺めが一番よい。幹周りが十二メートルの巨木で主幹部は裂け目があり、折れたところもある。そこから左右に伸びた枝に満開の花を頑張って咲かせていた。

健気であると同時に神々しさも備わっている。夫は「古《いにしえ》の息吹を感ずる」と言った。

樹齢は一八〇〇年とも二〇〇〇年ともいわれ、日本最古とされる。日本武尊が東方遠征の際にこの地を訪れお手植えされたとか。えどひがんである。

この桜も淡墨と同じく、昭和三十四年の台風で大きな被害を受けたり、さらに過去にも多くの危険に遭遇してきた。

その度に地元住民の樹勢回復への努力がなされ、桜を守ろうとする熱意に感動するばかりである。平成十四年から四か年にわたり培養土の入れ替え作業を行ったとか。さらに将来を引き継ぐ子どもたちにも、工事の内容を現地で説明したとのことである。

桜をバックに夫婦でカメラに収まりたいと思い、写真屋はいないかと見まわしたがいなかった。知らぬよそのおじさんに「すみません、シャッターお願いできますか」と頼んだ。

広い境内には数万株のラッパ水仙が植えられ、黄色と桜の色との対比がきれいだった。道端にはテントを張って、地元の野菜なども売っていた。

気が遠くなるほど生きてきた古木、その力強い生命力は明日への希望の象徴のようである。私たちも年老いたと弱音を吐かず、この桜のようにたくましく生きなくては、と感動をもらって帰ってきた。

（平成二十五年四月）

雨が多い屋久島

「屋久島へ行ってこようか」と夫が言った。ある旅行会社が新聞の広告で募集をしている。〝ベッドの部屋、食事はすべて椅子席、ゆったりとしたコースでお体に優しい〟こんな風に書いてあれば、高齢の私たちも「じゃ、行ってこようか」という気持ちになる。

五月下旬、鹿児島から屋久島行きの高速船に乗った。全席指定でシートベルト着用。船内でかごんま黒ぶた弁当（鹿児島黒豚弁当）を食べた。

やがて夫が「あれが世界遺産の屋久島だ。雨が降っているようだね」と指さして言った。見ると島の山の方が霧で隠れている。

ひと月に三十五日雨が降るところだそうだ。湿った海風が島にあたって上昇するため、雨雲が出来やすいという。

先ず訪れたのは、白谷《しらたに》雲水峡である。

他の若い団体さんを見ると、本格的な登山スタイルである。雨が降っていて半袖では涼し過ぎる。南の島だから暑いだろうと思ってきた私は、あまりにも無知だった。

白谷川沿いの美しい渓谷。岩や木の幹に緑滴るコケが覆いかぶさっている。「わぁ、きれい」。幻想的である。いま歩いている道の際にもシダの類がのびのびと豊かに生育している。このシダを水盤の上に生けてみたいと、ふっと思う。

しばらく登って行くと、大きな岩が坂にゴロゴロへばりついているところに来た。ツアーの六十代、七十代の人たちは頑張って這うようにして登って行く。杖をついている私はあっさりと諦めた。でも夫は行きたいだろうと思い「私はバスに戻るから、一人で行って来られ」と言った。夫はにこっとして「じゃ、行って来るね」。

夫は八十四歳、おそらくツアーの中でも最高齢であろう。

雨がしとしとと降っている。

一行は一時間半ぐらいで帰って来た。それでも一番優しいコースで、弥生杉を見てきただけだと言っていた。観光客は体力や日程に合わせてコースを選ぶようだ。

「(屋久島の)杉は千年以上経ったものを屋久杉と言う。それ以下は小杉《こすぎ》、人の手によって植樹されたものは地杉《じすぎ》と言う」と、ガイドが説明した。

数多くの屋久杉を鑑賞できる森、ヤクスギランドの入り口でバスを降りた。島内随一の森だそうである。

ここでも三十分コース、五十分コースは遊歩道があるが、それ以上は登山道なので体力と十分な装備が必要とのことである。

森の中にはさまざまな植物が生え、清らかな小川のせせらぎもあり、サルやヤクシカに出会うこともあるとか。

雨がザーザー降っている。とても行く気にはなれない。

入口に木造二階建ての休憩施設があった。夫と私、他にもう一組の夫婦がここで時間をつぶすことにした。

売店では屋久杉工芸品を販売していて、バターナイフを二本買った。

貴重な体験をみな放棄して、何をしに自分はこの島に来たのかと思った。でもザーザー降りのなかを杖をついて歩くのはイヤだった。

尾之間《おのあいだ》温泉に宿泊した次の日、霧の中の千尋《せんぴろ》の滝を一瞬だけ見た。その後、道路沿いに立っている紀元杉の見学である。

樹齢三千年とか。樹高二十メートル、周囲八メートルの杉のまわりに木の階段が取り付けてあった。階段を下りて雄大な生命力を見上げ、ごつごつとした幹に手を当てたりして深呼吸をした。三千年も経てば整った樹木の形はしておらず、樹には悪いけれど奇形のようである。でも圧倒的な姿に自分はちっぽけに見えた。

ガジュマル園に入った。クワズイモ、シマオオタニワタリなどが足元に生えていて、ジャングル気分である。蚊が多い。

ガジュマルの木は熱帯に生育する。幹から無数の気根が垂れ下がり、生長すると古い幹が枯れて、気根が新しい幹となるそうである。空気呼吸をするといわれる。辺りが薄暗く感じるほどガジュマルがいっぱい生えていた。

そういえば昔、ハワイでも見たなぁ。

九州へ戻り、指宿《いぶすき》温泉で一泊の後、大阪南港まで大型フェリーで帰った。

それにしても屋久島へ行くのなら、もっと若くて元気なときに、登山の準備をして行くべきだと思った。

お土産は芋焼酎、さつま揚げ、かるかんなどである。現地で食べた紫芋のソフトクリームは実に美味しかった。


（平成二十五年七月）

大塚国際美術館

富山県華道連合会の研修旅行があった。行き先は鳴門《なると》市の大塚国際美術館である。朝早く富山を出発して、明石海峡大橋を渡ったのは午後であった。まだ橋がなかった頃、淡路《あわじ》島へ船で行った記憶がある。島を縦断して鳴門市に入った。

大塚国際美術館は、世界の名画を特殊技術によって陶板で複製し展示している。誰かが「複製なのに入館料が高いなぁ」と言った。（三千百五十円）

入館して一番先に鑑賞したのは、ヴァチカンのシスティナ礼拝堂の天井画と壁画であった。ここにはミケランジェロの有名な「最後の審判」がある。再びお目にかかった。前に見たときはホテルを朝早めに出て、炎天下に二時間並んだっけ。ようやく辿り着いて鑑賞した感激は忘れられない。キリストを中心に大勢の人々の肉体がうごめき、回転しているような構図である。

いま、原寸大の同じ絵を目の前にしているのに、何の苦労もなく容易く見られたからか、最初ほどの感激はない。それとも祭壇がなく、いきなり床から絵画が立ち上がっているからか。

学芸員が解説してくれたのは〝華道に携わる人たち〟という思いもあったのか、絵の一部に花が描かれているものが主だった。

「フェルメールの作品は、あの部屋にあります」と言っただけ。「あらぁ、見たいのに」と呟く人。とにかく広い、広い。「モナリザ」も素通り。

「最後の晩餐」は、修復前と修復後を向かい合わせに展示してあった。修復には二十年以上かかったらしい。これも現地で観た。

もちろん予約してあり、何時何分から何時何分までが○○の団体が鑑賞、というように限られた短い時間内での見学であった。だが、静かに観ることができた。

モネの睡蓮の人工池にはがっかりした。ジヴェルニーの池の周囲には、しだれ柳、藤、つつじなど日本の植物が植えられていた。古ぼけた船が池の隅に一艘浮かべてあった。

美術館内に池を作れと言う方が無理な注文であるが。

大塚国際美術館は、地階三Fから地上二Fまでに、古代から現代までの名画が展示してある。一人で自由に観たいと思ったが、足の悪い私は疲れて歩けなくなった。

振り返ってみると、夫のお蔭で随分いろんな本物の絵画を観てきた。旅行中、自由行動があると「○○美術館へ行こうか」と言う。パリではオルセー、オランジュリーへ行った。ウフィーツィ（フィレンツェ）、プラド美術館（マドリード）にも行った。

だが、当美術館はよくぞこれだけの名画を一堂に揃えたものだと感心する。並々ならぬ苦労があったと思う。陶画は褪色、劣化することなく半永久的に残る。火災による焼失も免れる。名画が散逸する心配もない。

改めて大変な事業を成し遂げたものと感服した。入館料は決して高くないと思えてきた。

（平成二十五年七月）

憧れの薬師寺東塔

北陸銀行越前町支店百周年の記念講演を、夫が聞きに行った。薬師寺管主・山田法胤師から、国宝である東塔を解体し大修理をしている最中で、屋根の上を飾る水煙《すいえん》の降臨展が開催されていると聞いた。

夫はもともと薬師寺、殊に東塔が好きである。昭和五十年ごろ、本物に忠実に作ってある高さ八十センチの紫檀製の模型を買っているほどだ。

東塔は一見六層に見えるが、各層に裳階《もこし》という小さな屋根をつけているので、本当は三重の塔である。

十月十一日、水煙を見ようと私たち夫婦は気ままな一泊旅行に出掛けた。

奈良について先ず、鑑真和上が創建された唐招提寺に立ち寄った。静かさの中に拝観することができた。

次にタクシーで薬師寺に向かった。十月半ばだというのに暑い暑い真夏日であった。

真っ先に水煙降臨展を見学。地上三十四メートルの塔頂にある水煙を間近で見ることが叶った。以前に訪れたときは、見上げるばかりで細部まではよく見えなかった。透かし彫りの中に飛天たちが笛を奏でていたり、衣を翻して舞っているのがよく見えた。優雅で美しい。

夫は「千年以上も前によくもまあこのように美しい天女の彫刻ができたものだ。実にすばらしい。しかもどうやってあんなに高い所に上げたのだろう」と感無量の面持ちである。そして水煙の周りをゆっくり歩きながら上を眺め、下を眺めたりして見入っている。

私は水煙と夫を一緒に撮りたいと思ったが、他にもじっくり見ている年配の男性や、何組かの家族連れもいるので、なかなかシャッターチャンスが得られなかった。

水煙の下に縦に連なっている金属の輪、九輪も床に並べられていた。大きい。さぞ重いのであろう。

東塔が建っている場所は、すっぽりと覆われ、ビルが一つ建っているかのようだ。完成は二〇二〇年とか。

金堂に入った。度重なる兵火に遭い、昭和五十一年に新しく完成したものである。その五年後に西塔も復興された。

金堂には薬師三尊像が並んでいる。自然に手を合わせたくなる気持ちに。仏像の手のポーズが美しい。それぞれに意味があるのであろう。台座には玄武、朱雀、白虎、青龍の四方の神が彫られている。

そもそも薬師寺は、天武天皇が皇后の病気快復を願って建立を発願されたものだそうな。天平絵画の有名な吉祥天女画像は、残念ながら公開されていなかった。見たかったなぁ。道路を挟んで、玄奘三蔵院にも足を運んだ。入り口辺りに薄墨桜の若木が元気に根付いていた。「えっ、こんなところに薄墨桜?」と思わず言った。夫が「山田法胤師は根尾の出身でないかな。それで苗木をここの地に植えたのであろう」と言った。昨年、薄墨桜を見に行って来たので「お久し振り」という気持ちで眺めた。

平山郁夫氏の壁画にもお目にかかった。

そのあとに立ち寄った奈良国立博物館は、正倉院展準備のため閉館中であった。

二日目は、橿原神宮での秋の大祭に厳粛な気持ちで参列した。

せかせかせず、ゆったりと奈良時代に浸った旅であった。

（平成二十五年十月）

北海道の旅

十月十八日、四泊五日の北海道ツアーに夫と参加した。このツアーは、トワイライトエクスプレスが来年の三月に引退するに当たり、帰りはエクスプレスを利用しようというものである。

夫は以前から「トワイライトエクスプレスに一度乗ってみたい」と言っていた。偶然この日は五十八年目の結婚記念日である。

富山空港を朝七時十分に発ち、羽田経由、紋別《もんべつ》空港には十二時二十五分に到着した。

私は、冬には流氷が接岸する極北の海まで来たのだと、オホーツク海を眺めながら目頭がじいんとなった。海からの風が強かった。

サロマ湖の眺望、ホタテ貝焼きを賞味した後、一日目は北見《きたみ》温泉に宿泊した。

夕食はワインで乾杯をし、夫はにこやかに「五十八年間ありがとう」と言ってくれた。

私も「こちらこそ」と頭を下げた。

次の日は網走《あばしり》刑務所を川の向こうに眺めた後、今は博物館となっている網走監獄を見学した。明治半ばから昭和五十九年まで使われていた獄舎ほかが移築、復元されたものである。

広い敷地内には、五棟が放射状になった木造平屋建ての舎房（牢屋）、窓がなく扉は二重、レンガの壁の暗闇の独居房、脱獄者を監視する高見張り、囚人の寝所となっている休泊所、そのほか沢山の建物が点在していた。

休泊所では薄暗く狭い所に、本物そっくりの人形が監視されながら寝ているのにギョッとした。

本州から送られてきた多くの受刑者たちは、過酷な北海道道路開拓に携わり、たくさんの犠牲者を出したとのこと。逃亡されないよう両足に鎖と重い鉄の玉が繋がれていたという。人権無視もいいところである。

今はこの開拓を担った人々の石碑が建てられている。

敷地内を出る時、ナナカマドの紅葉が青い空に映えていた。

午後はオシンコシンの滝を見た後、ウトロ港から知床《しれとこ》観光船に乗った。陸地では見ることの出来ない半島の断崖風景や、知床連山を楽しんだ。ガラス張りの特別船室は暑いくらいである。

その夜ウトロ温泉に宿泊し、翌朝四時過ぎに八階の展望浴場に入った。暗くてオホーツク海はよく見えなかったが、ウトロ港から漁船が光を放ちながら二艘、三艘と北に向かって出航して行った。こんなに早く寒い海に漁に出るのだなぁ、と温かい湯に浸りながらガラス越しに眺めた。

三日目、バスは知床半島をドライブしてくれた。知床はヒグマ、エゾシカなどの住処《すみか》である。

シラカバ、ダケカンバの紅葉は穏やかな黄色である。知床連山を眺め、紅葉を眺めながら知床峠まで来た。

遥かにうっすらと北方領土の国後島《くなしり》が見えるではないか。感動！　半島の西側を旅するのだから国後島は見えないだろうと半ば諦めていたのだ。天候にも恵まれていた。

峠一帯にハイマツの樹海が広がっている。正面には一六六一メートルの羅臼岳が迫っていた。

　バスは戻り、国産牛の昼食の後、噴煙の上がる活火山である硫黄山を観光。ここではアイヌの衣装を着て集合写真を撮った。風が強い。

　いよいよ神秘の湖、摩周湖《ましゅう》へ。霧が晴れている。ガイドが「おめでとうございます」と言った。湖の真中の小さな島も見える。「霧が晴れていたら婚期が遅れるんだって」と言ったら皆から「いまさらご主人置いてどこへ行くがけ」と笑われた。

　その夜は阿寒湖畔《あかんこはん》温泉に宿泊。どこへ行ってもホタテ貝が必ず出る。いよいよ明日はトワイライトエクスプレスで帰る日である。売店で段ボール箱を買い、衣類、お土産を詰めて宅配便の受付へ持参した。

　エクスプレスは九号車からなり、三号車は食堂、四号車はサロンカーで、ソファーが日本海側を向いている。グループでお喋りをし、「八十五歳で夫婦揃って旅行できるなんて羨ましいね」と皆さんから言われた。

　B寝台は思ったより狭く、個室利用の人も「網走の監獄みたいに息が詰まる」と言ってサロンカーに来ていた。

　二十五年間走りつづけた車輌は少し古かったが、ディナーのフランス料理は垢抜けして美味しかった。フォアグラ、キャビア、フランスから空輸してくる珍しいキノコなど、心を優雅にしてくれた。「美味しいね」と夫に囁いた。
朝食を六時にすませ、エクスプレスは八時富山駅に着いた。

（平成二十六年十一月）

北海道ひとり旅

北海道に住む高校時代の友人から、暮れに喪中のはがきが届いた。奥さんのお母さんが亡くなられたとのこと。

年明けて私は寒中お見舞いがてらに、昨年十月に知床《しれとこ》方面を旅した時のエッセイと、過去に出版した二冊の本を送った。

特に親しくしていたわけでもないのだが、何十年ずっと年賀状のやりとりだけはしていた。若い頃から几帳面な方であった。この人には思い出がある。

晩婚であったが、結婚式の招待状が届いた。今から四十年あまり前のことである。私は何故か当然のように出席の返事を出した。子ども三人を抱え、留守をどういう風にして出掛けたのであろうか。

結婚式は四月であった。私は富山発午前一時の夜行列車に乗り、お昼頃、青森に着いた。青函連絡船はホーム伝いにすぐ乗れた。波止場迄少し歩くのかと思っていた。

どらがなり出航した。船のひとり旅はロマンチックであった。だが函館に着く迄、四時間かかった。（青函トンネル貫通は昭和六十年）

それからまた汽車に。寝台車で一緒だった人が隣の席に座っていた。夫とよく似たタイプの彼は「北海道のアイスクリームは美味しいんだよ」と私にも買ってくださった。

その日は、洞爺《とうや》湖畔の旅館に泊まった。シーズンオフで、旅館の宿泊者は他に一組か二組しかいなかったようだ。若い女性が一人で宿泊するので、洞爺湖に自殺をしに来たのではないかと、不審な目で見られた。

翌朝、遊覧船に乗った。寒かった。ここでも客は私一人だった。それでもガイドさんが「皆さまぁ……」と景色の説明をしてくれた。一等船室に入ったらコーヒーが出された。

その頃は観光ブームではなく、北海道の春先はひっそりとしていた。

札幌は風が強く、埃が舞い上がっている。

結婚式は北海道会館で、会費制であった。式場となるような大きいホテルの少ない時代である。

はるばる富山からの出席であるためか、いきなり祝辞を指名された。口下手な私はどぎまぎした。

咄嗟に「新郎のKさんは真面目で勉強もよく出来られました」。他に何を喋ったかは覚えていない。とにかく「本日は誠におめでとうございました」と結んだ。いい恥をかいた。前以て告げておいてくれたらよかったのに。

新婚旅行は御父君の出身地でもあり、また自分が青春時代を過ごした、富山県であるとあとで聞いた。

披露宴おひらきのあと二級先輩のN氏（故人）のおごりで、サッポロビール園でジンギスカンをご馳走になった。「友達っていいもんだ」と言いながら高校時代の面白い話に花が咲き、彼は随分酔っていた。

翌日、札幌市内に住む同級生のOさんがタクシーで市内を案内してくださった。有名な時計台は、まわりの大きな建物に圧されて小さく見えた。

二月に札幌オリンピック（昭和四十七年）で使用された、大倉山シャンツェへも行った。親切な運転手さんでカメラのシャッターを押したり、市内の説明をいろいろしてくれた。私はチップを渡して降りた。

帰りは飛行機で新潟へ向かい、当社の出張所に寄った。

帰宅したら仕事のこと、家の中のこと、ＰＴＡ役員の年度替わりのこと、何から手をつけていいやらわからなかった。
昔、昔のことである。

（平成二十七年一月）

見所いっぱいの旅行

北陸新幹線の開業に伴い、五月十八日、日光と東京都内をめぐる、二泊三日の旅に夫と参加した。

新幹線を高崎で降り、貸切バスで一路東照宮に向けて走る。

今年は徳川家康没後四百年で、東照宮は五十年に一度の大祭だ。ちょうど参道では千人武者行列が始まったばかりで、私も人の頭越しに見学した。日差しが強かった。

神輿、鎧武者、天狗の面をつけて鉾を持った人、乗馬の人など古式ゆかしい装束をまとっている。中学生、高校生も動員しての一キロメートルにも及ぶ行列が華やかに繰り広げられていた。見学しながら「あの鎧重いだろうなぁ」「暑いだろうなぁ」と同情した。

陽明門は大修理中で見ることが出来なかった。

神馬《じんめ》の厩舎は、欄間を見上げると「見ザル、言わザル……」の三猿が面白い。

費用お構いなしで建てられた沢山の装飾は、ただきらびやかなだけではなく、平和とか共存共栄とか、動物たちにもいろいろ意味があるらしい。

その夜は鬼怒川《きぬがわ》温泉に泊まった。

翌日は東京見物で、スカイツリーに上ったが視界不良だった。

二階ではスカイツリーの形をした七十センチあまりのパン（バゲット）が売られていた。私は持って帰ることを考え、それよりも短い方のを手に思案していたら夫が「折角買うなら長い方にしようよ。僕が持って行くから」と、孫の喜ぶ顔を想像したらしい。

この長いパンは、網棚に載せても「誰か荷物を上に置かないか」など気を遣って持ち帰ることになった。

浅草では人力車に乗ったが、外国人からカメラを向けられたりで、こそばゆい気がして乗り心地はあまりよくなかった。殿さま気分でどっしりとしていればいいものを。

国会議事堂の見学は参議院に入った。正面中央に天皇陛下がご臨席されるお席があり、議席はテレビでお馴染みの如く、半円形に配列されていた。

二日目の宿泊は、横浜の一流ホテルだった。夕食は各自自由で、皆さんは中華街に行かれたようだった。夫と私はホテル内でゆったりとフランス料理をいただいた。

持参している服のうち、一番ドレッシーに近いものを着用。夫は「僕はこれ以上どうにもならない」と言った。

レストランの人は「半袖のTシャツ、短パン、ビーチサンダル以外ならいいですよ」と言われ、ほっとした。

高くついたがワインも飲み、豊潤な気分に浸った。次の日は、初めて皇居内に入り、外観ではあったが宮殿など一時間あまり歩いて見学をした。

お昼は昭和の龍宮城ともいわれる目黒雅叙園で取った。

靖国神社にも行ったし、今回は見所いっぱいの実りある旅行であった。だが、足の痛い私にとって、よく歩いたきつい旅でもあった。

（平成二十七年五月）

きびしい自然のさいはての地

七月十三日、憧れの日本最北端、宗谷岬《そうや》に立った。

あいにくその日は横殴りの強い雨風だった。傘はひっくり返りそう、カメラのレンズには雫がかかった。サハリンの眺望も何もあったものではない。

ここに来るまでは、宗谷岬の空は青く、サハリンがうっすらと遠くに見え、お互いに記念のシャッターを切る。「わぁ！とうとう日本の北の端に立った」という満足感、そんなことを想像していた。

服はびしょ濡れになった。「間宮林蔵の銅像、どこにあったっけ」である。

慌ててバスにもどった。この嵐の中、バスの中でじっとしている夫婦もいた。折角ここまで来たのだもの、北緯四十五度三十一分の地に立たないでどうする。

「ああひどかった。チョコレートでも食べよっ」と言ったら皆が笑った。濡れた上着を脱いで大判のストールを羽織った。それにしてもあんなひどい嵐の中、私たち二人にシャッターを押してくださったAさんに感謝する。

この度、三泊四日の北海道、さいはてのツアーに参加した。一度、日本の最北端に立ちたいと思っていた。

新千歳空港にバスが迎えにきていた。車内で差し入れられた、お昼のさけとかにの石狩鮨弁当は、しっくりと口に馴染んで美味しかった。お腹が空いていたので皆も一生懸命箸を動かしている。

これから稚内《わっかない》に向かうのであるが、途中沼田《ぬまた》町があった。富山県小矢部《おやべ》市の津沢《つざわ》には、沼田姓がやたらに多い。私が高校の時、学年に六人もいた。夫が「明治時代に沼田喜三郎という人が北海道に移住をし、開拓して沼田町をつくりあげたんだ」と説明してくれた。津沢では田植えが終わった頃、田祭（夜高《よたか》あんどん祭）をやっている。沼田町では今や津沢本家をしのぐ、北海道三大あんどん祭となっている。富山県人として誇りに思う。

バスは留萌《るもい》から日本海に添って一路北上しつづけた。

荒々しい未開の海岸線は、走っても走っても変化がない。民家もなく、殺伐とした広大な土地があるだけ。たまにすれ違う車が一、二台。海からの強い潮風で高い木も育たないらしい。

足元には葉先の枯れた熊笹と強風に耐えているであろうシシウドがにょきっと生えている。時たまオレンジ色のエゾカンゾウがほっそりと咲いていた。人の歩く姿はおろか、ネコ一匹いない。こんなところで置いてきぼりにされたらどうなるであろうと思った。夕方六時半、ようやく稚内に到着した。

次の日、フェリーで礼文《れぶん》島と利尻《りしり》島に渡った。今日も天候が悪く、礼文島の北に位置するスコトン岬では、歩くのがやっとの強風で霧もかかっていた。

地べたに利尻昆布が何列にも干してある光景に出合った。

島の若い人は本土に移住するため人口も減り、小学校が一校閉校になったとか。きびしい気候のため、高山植物は低地でも見られる。絶滅が危惧されているレブンアツモリソウには、残念ながらお目に掛かれなかった。

島ではお昼に生うに丼を食べた。生うにがご飯にたっぷり載っており贅沢だなぁと思い味わった。生うにの苦手の人は、隅っこのテーブルで別のものを食べている。

旅の最終日は南下してファーム富田のラベンダー畑に寄った。

今回の旅は毎日ほたて、毛がに、ほっけを食し、自然のきびしさを肌で感じた旅であった。


（平成二十七年七月）

別子銅山《べっしどうざん》とかずら橋

「五つ星の宿に二泊」というちらしに釣られて、道後《どうご》温泉と別子銅山、そして秘湯、祖《い》谷《や》温泉のツアーに参加した。

紅葉も終わる十一月二十五日、七組の夫婦だけの旅だった。

山陽新幹線を福山で降り、無数に連なる島々を車窓より眺めながらバスは走った。その日は道後温泉に宿泊した。

翌日は新居浜《にいはま》市にある東洋のマチュピチュといわれる、日本三大銅山があった地、別子東平《とうなる》を見学した。

この銅山は住友家の所有で標高七百五十メートルの所にあり、昭和四十八年に閉山するまでの二百八十年間の産業歴史の跡である。

大型バスでは行けないので、蒸気機関車で走る、時速十キロメートルの鉱山鉄道に乗り換えた。車輌は屋根はあるが戸がなく、手袋でも持ってくればよかったと思うくらい寒かった。

昔そこには一つの町が造られていた。

学校をはじめ、病院、社宅、娯楽場などの生活施設が整備され、三千八百人もの人々が暮らしていたそうである。

旧火薬庫が観光用の坑道になっていた。明治四十五年に建築され国の有形文化財になっている旧水力発電所や、重厚な花崗岩造りの貯鉱庫は今も残っていた。

病院や娯楽場は跡地として残され、娯楽場入口にあった石作りの橋が往時の賑わいを偲ばせる。

索道（リフト）停車場の跡もあり、鉱石の運搬はもちろん、新聞、郵便物、生活用品も運んでいたとのことである。

閉山して人がいなくなった町は、一部に植林をし、自然に還している。

その日は徳島県祖谷《いや》温泉に泊まった。

ホテルに入る前に日本三奇橋のひとつであるかずら橋を渡った。シラクチかずらの弦を編んで作った吊り橋である。

祖谷《いや》川の上流には平家の落人が住んでいて、敵が攻めてきたとき、切り落とせるように架けられたと伝えられている。鉄骨など一切使ってない。

ツアーの全員が、そろりそろりと渡りはじめた。長さは四十五メートルある。歩くところが穴だらけだ。五、六センチ幅の横板の次は、五、六センチ幅の隙間である。そのくり返しだ。隙間から下を覗くと渓流の碧い水が見える。水面からの高さが十四メートルとのこと。

或るツアーの女性が、ヒールを穴に引っ掛けて、靴を片方谷底に落としたとか。

私の杖も危ないからと預かって貰った。

男性添乗員が私の腕を支えてくれて「下を見ると怖いから見ないで」と言ったが、それでは足元の穴がわからないではないか。「そんな…」と思う。

渡り終えたとき、先に渡った人たちが拍手をしてくれた。

この吊り橋を渡るのは有料だが、三年に一度編みかえるので、その費用に充てるのだろうと思った。それにしても可なりの技術が必要と思うが、後継者の育成は如何になどと考えた。

祖谷川の谷底に建つ「ホテルかずら橋」の露天風呂は、ケーブルカーを自分で運転して上る。夫が夜寝る前に入った。

「暗くて何も見えなかったけれど、月が皓々と輝いていた」と話してくれた。

三日目、吉野川上流の峡谷、大歩危《おおぼけ》、小歩危《こぼけ》を遊覧船に乗り、断崖絶壁の岩を眺めた。水が美しかった。紅葉はもう終わりだった。四国だから暖かいと思ってきたが寒いのには驚いた。

道後温泉、こんぴらさんも然ることながら別子銅山、かずら橋はめったに行けないところで、今回の旅行の収穫だった。

（平成二十七年十二月）

極上の宿に満足

五月八日、みなみ北海道の旅に出た。

富山空港を午前十一時五十五分の直行便に搭乗し、新千歳空港には一時二十分にもう着いた。桜が散りはじめている。

各地から集まった総勢四十六名の大所帯のツアーである。夫はこぢんまりとした人数を好むようだ。でも息苦しいのはバスの中だけで、それも次第に慣れてきた。

一日目はアイヌ民族博物館に立ち寄った。敷地内はアイヌの集落になっており、大小の茅葺きの家が数軒建っていた。もちろん人は住んでいない。

大きい（ポロ）家（チセ）の中では、独自の言語と文化をもつ先住民族、アイヌについての説明や、古式舞踊が狭い舞台で繰り広げられた。興味深いものばかりだった。

北海道にはアイヌ語の地名がいっぱいある。サッポロ、ノボリベツ、トーヤ湖などもアイヌ語らしい。

そういえば母もここに来たのであろうか。アイヌの人と並んで撮った写真を見たことがある。

その夜は、洞爺湖サミットで世界のトップが宿泊された、山頂に建つザ・ウインザーホテル洞爺に泊まった。

夕食は少しお洒落をしてフレンチのコース料理を優雅にいただいた。噴火湾でとれた帆立貝や水蛸のマリネなど、美味しいものばかりだった。

私のお隣に座ったご夫婦は、米子《よなご》からの参加だと言っていた。

食事中、洞爺湖畔で打ち上げているのか、花火の音を聞いた。

二日目は函館《はこだて》に移動をした。途中の大沼《おおぬま》国定公園は美しく、一一三一メートルの駒ヶ岳の眺望も幸い雲はなく、はっきり見ることができた。

異国情緒漂う函館元町界隈を散策する、一時間の自由行動が取られたが「一度来たことがあるので」とバスの中にいた。坂の街を歩くのが結構辛い。行かない人が三組ほどいた。

江戸幕府が築いた五稜郭《ごりょうかく》を見下ろすタワーでは、大勢の人で夫の姿を見失ってしまった。携帯で夫に電話をした。電源が入っていない。あら、持っているだけで何の役にも立たない。

添乗員さんがすぐ近くの売店にいた。「奥さんとはぐれてしまった、という人がバスの中に腰掛けておられます。お呼びしてきますね」

再会を果たし、売店で白い恋人を二箱買った。

トラピスチヌ修道院を眺めたあと、湯の川温泉に着いた。ここがまた超一流の旅館だった。

部屋の玄関で靴を脱ぎ二階に上がると、自分の住んでいるマンションの半分近くの広さの部屋が目に飛び込んできた。

大型テレビが端と端に二台ある。洗面室の戸を開けると、一人で入るには勿体ない広さの掛け流しの温泉が！　外側の窓を開ければ露天風呂にもなる。

夕食は個室で、和洋創作料理が二時間かけて一品一品運ばれた。函館産のいかのお造りは美味しかった。身が透

き通っている。ご飯は釜炊きで、うっすらと焦げ目がついていて懐かしかった。お腹がいっぱい。ご老体はそろそろ眠くなってきた。函館山からの夜景観賞には行かないことに。

翌朝は、朝市、昆布館で買物をし、開業間もない北海道新幹線で帰路に着いた。嫁さんが「函館の街も歩かず、夜景も見ないで何しに行って来たの」と不思議そうな顔をした。

（平成二十八年六月）

軽井沢の今と昔

楽しみにしていた六月の軽井沢は暑い日だった。海抜千メートル近くの避暑地だから涼しいだろうと、大判のストール持参も無用だった。

来てみて驚いた。北陸新幹線が開業してぐんと身近になったとはいえ、この混雑ぶりはどうなっているのだろうか。

軽井沢といえば四季折々の自然に包まれ、その昔、富裕層が別荘を建てたり、著名人や文化人が愛した場所である。天皇陛下が美智子皇后さまと出会われたのも、軽井沢のテニスコート。まさに別天地というイメージがあった。

この度、富山県華道連合会の研修旅行に参加した。コースは群馬フラワーパーク、伊香保《いかほ》温泉、世界遺産である富岡製糸場の見学、軽井沢散策などであった。

人気があって、貸し切りバス一台満席の参加となった。

私がまだ六十代の頃、元富山県知事の、夫人のＮさまが蓼科《たてしな》高原の別荘へご招待くださった。ご夫人は県華道連合会の名誉顧問をされており、会員四、五人にご招待のお声がかかった。

八月の蓼科は凄く涼しかった。

夫人の車を先頭に、早朝富山を出発した。その年初めての別荘行きとあって、到着すると部屋を掃除したり、バルコニーの手摺りに布団を干したりした。周りは樹木が生い茂り、居ながらにして森林浴をしているようだった。

近辺から摘んできた高山の草花を篭にいけた。

夕方、ワイワイ、ガヤガヤと台所に立ち、持ち寄った食材でポトフやサラダを作り、ひらめの昆布締めも加わって賑やかに食卓を囲んだ。牧場の牛乳は濃厚で美味しかった。

ご夫人は政治の話、趣味のことなど話題が豊富でみんなで耳を傾けた。

夜遅く下の方の湖で花火の音がした。

朝はカッコウの声で目が覚めた。屋根の上でコッコッと音がする。夫人が「お猿さんが来ているのでしょ」と言った。

二日目はニッコウキスゲが咲き乱れる山の斜面に連れて行ってくださったり、ドレス・アップをして、元皇族の別荘を改装したレストランに食事に行ったのも、懐かしい思い出である。

またある年には、軽井沢まで足を延ばして一日を楽しんだことも。

「あなたはこれが似合いそうよ」などお互いに話し合って高級ブティックでブラウスを買ったり、大城レース店では、ししゅうをしたテーブル・センターや小物を求めた。

疲れたら喫茶店に入ってお茶をし、お喋りを楽しんだ。団体さまのように集合時間を気にする必要もない。気ままな一日であった。軽井沢は静かな町だった。

今日の軽井沢の騒騒しさは何だ。駐車場に止まった何台もの貸し切りバスからは、たくさんの人が吐き出され、通りに向かってゾロゾロ歩いて行く。優雅なファッションの人なんていない。

昔は静かだったなあ、そんなことを思い出しながら、一時間の自由時間はあっという間に過ぎた。

私の土産は、富岡ではシルクの石けん、カイコそっくりの形をしたホワイトチョコ、軽井沢ではししゅうをしたエプロンほかである。
カイコの形のチョコは、あまりにもよくでき過ぎていて、孫が気持ち悪がって食べてくれなかった。

（平成二十八年七月）

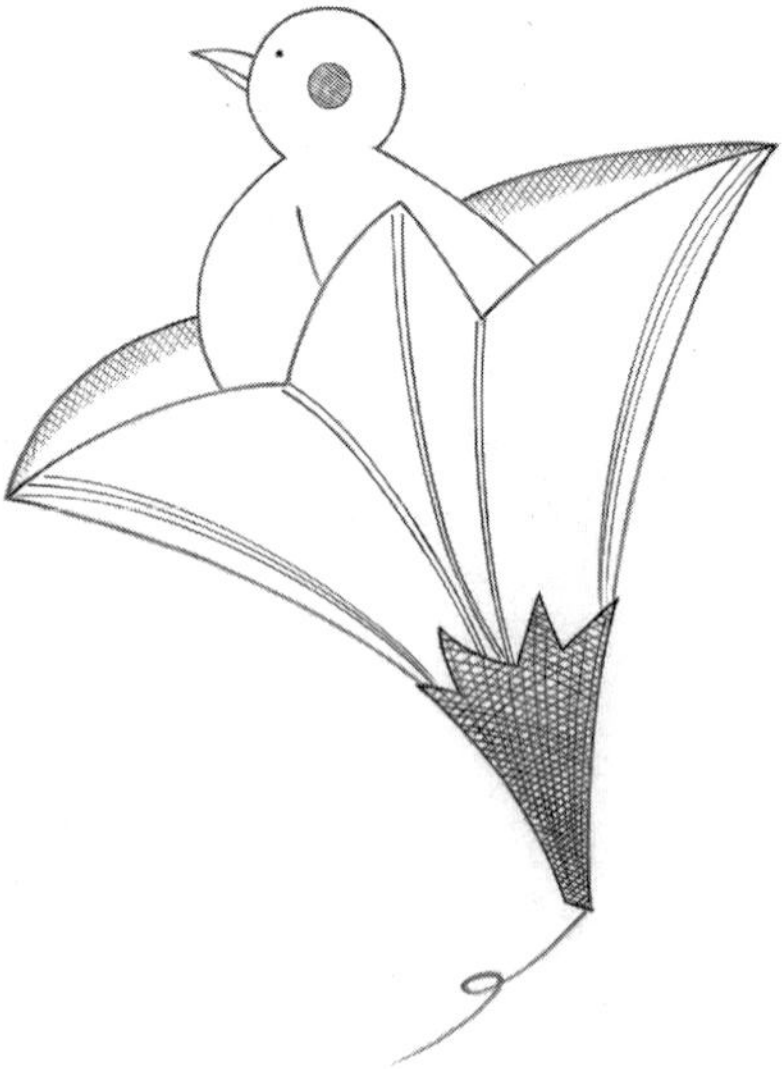

第四章　健康

病院を楽しんでいるのか

きょうは長いこと待たされた。雪が降ったので患者さんが少ないと思ったが、予約制なので、その日の天候がどうであれ皆さんは決められた日に行く。

初診の人が間に入るとどうしても診察時間が長くなる。持って行った本は読み終えた。

ここは少し小高い山の上にある、富山大学附属病院。市街地とは僅かしか標高が違わないのに、寒いし雪がやや多い。

「きょうは血圧が高いですね」

「寒いと血流が悪くなりますので、厚めの靴下を履いて足を暖かくしておいてください」

「電気毛布などで低温やけどをしないように」などの注意を受けた。

「次の予約は二月初めで、雪が多いと思いますがいいですか」と気遣ってくださり、診察は終了した。

電気毛布は使っていない。けれど血液をサラサラにする薬はやけどをした場合、アザを作り易いと誰かに聞いたことがある。

会計を済ませたあと、院外処方箋をもらう。窓口でよその男性が「さっきから、もうちょっとお待ちくださいと何べん言うんだ。どれだけ待たせるんだ」と怒っている。私の後ろに並んでいる年配の男性がニヤニヤと笑っている。私も「そんなに怒らなくてもいいのに」と内心思った。

家には昼食はいらないと言ってあるので、すぐ横にあるコーヒーショップでサンドイッチと飲み物を調達する。きょうの飲み物は温かい抹茶ラテにした。

私が杖をついているのを見て、ショップの若い女性が「お席までお持ちしましょう」と言ってくれた。丸いテーブルが二人用、四人用と満席にならない十分な数が並んでいる。ほっとした気持ちで椅子に腰掛け、ガラス越しに中庭に目を遣った。

雪がまだらに降った上に、モミジの赤い葉、黄色の葉がいっぱい散っている。美しい。見上げるとほっそりとしたやさしい楓の木が四、五本並んでいた。上の方の枝から先に散っているようだ。我が家の真赤だったもみじは、全部散ってしまってはいるが。

この中庭は三方が廊下に囲まれ、一方がコーヒーショップだ。庭を楽しみながら食事をすることができる。診察も終わってくつろいだ気分である。

山茶花の赤い花の上に雪がちらついている様は、実に情緒がある。ウサギ、トナカイ、リスの形をした白半透明の人形が五、六体並んでいる。まるでお伽の国を思わせる。コードが沢山繋げてあるので、夜はイルミネーションになるのであろう。患者に安らぎを与える趣向である。

私は中庭を楽しみながらサンドイッチを口に入れた。

（平成二十五年十二月）

手を伸ばせば届く距離

足が痛い。年の暮れから股《もも》の筋肉が痛くなった。夜、布団に入ってからも股関節やひざの芯が疼く。寒い日の夜、足の弱い私が少し長距離を歩いたのが悪かった。

正月三日、四日は太い杖を頼りに物につかまりながら部屋を移動した。歩けないということは本当に困る。でんでん虫が這うようなのろさである。歯がゆい。さっさと歩ける人が羨ましい。

星座占いの今月の運勢は五つ星なんだぞ。

若い頃、いけばなの師匠宅の炬燵の周りには、書籍、書類などがぎっしり積み重なっていた。ご主人は元教育者であったので、調べ物も多かったのであろう。奥様が掃除をされるとき、片付けをされたらお叱りを受けたそうである。散らかっているようだが、どこに何があるか頭の中で整頓されていたようだ。

大学教授であった義兄の晩年も炬燵の周りは同じことだった。その上、お茶道具、テイッシュペーパーの箱も加わった。

その気持ちが齢を重ねたいま、わかってきた。時代が変わって炬燵はないけれど、我が家のダイニングの大きなテーブルの上がそうなのである。

半分は二人の食事をするスペース、あと半分は物置となった。

左から順に眺めると、先ず、夫が病院から貰って来る薬が、持ち手のついた木製の箱に山ほどある。

新明解国語辞典（三省堂）、これはこのテーブルの上で自分が物を書くときに、いちいち本棚まで取りに行かなくてもよいように置いてある。ついでに鉛筆と消しゴムも置きっぱなしだ。

次にテイッシュの箱、浅い篭にみかんが十個ばかり。梅干しの入った蓋物、箸やスプーン立て、湯呑みと急須、ああ限《きり》がない。手を伸ばせば何でもすぐ届く距離だ。

まるで食卓兼、書斎である。だらしがないぞ！足が治ったらすっきり片付けよう。

痛くても机の上の仕事はできるので助かる。トイレに行けるのも有難い。寝たきりにならなくてよかった。周りの人が何やかやと手を貸してくださる。

整形外科では、股関節が炎症を起こしているという。

そうこうしているうちに大寒が過ぎた。暖かい春が待ち遠しい。

（平成二十六年一月）

逆転

いまA病院の食堂にいる。ハンバーグ定食を注文した。窓の外は春らしい長閑な天気。久し振りに青空だ。

整形外科で一年に一度の定期検診が終わった。左股関節に埋め込んである人工骨頭は、手術をしてから十九年目だけれど、まだばんばんに大丈夫とのことである。ああよかった。

それとは別に去年の暮れから反対側の右股関節が炎症を起こした。痛くて物に掴まりながらの歩行で、家族に迷惑をかけている。

夫と一緒に行く筈だったウインナーワルツのニューイヤーコンサートのチケットは、代わりに嫁さんに行って貰った。娘にそのことを話したら「変な組み合わせだね」と笑った。

会合など外界とのつながりをすべて断ち、おしゃれもせず、一度に老け込んだ感じだ。

近くの銀行へ行くのでさえ、嫁さんの車で送り迎えをして貰っている。

右足の方はB病院で診て貰っていて、次の予約までまだ日数がある。

そうこうしているうちに、二月の下旬頃からだんだん痛みが薄らぎ、少し歩けるようになってきた。ところが同時に今度は足首の関節が痛く、びっくりするほどむくんできた。不安な気持ちになる。腎臓病だろうか。

ついでにＡ病院の先生に今までの病状を説明して診断していただいた。

「片方だけむくんでいますね。腎臓病ならば手や顔もむくみます。股関節の炎症で歩かなかったから運動不足です。そのために血流が足の先まで届かなくなりむくんできたのでしょう。よくあることです。歩きなさい。転ばないようにね」

そうだったのか。〝目からウロコが落ちる〟とはこういうことか。怖がらないで外出をしよう。

運ばれてきた定食は白いご飯が大盛り、生野菜をたっぷり添えたハンバーグには、大根おろしが載っかっていた。美味しかったァ。

もうすっかり治った気分でＡ病院を出た。

「そんなことはありません」ときっぱり言われ「レントゲンで診ましょう」。

Ｂ病院である。

「足首の関節が炎症を起こしていますね。冷やしてください。お風呂もシャワー程度に」

「湿布剤と痛み止めを出しておきます」

何と！　私は昨夜、薬草入浴剤を浮かべ、ハナ歌は歌わないまでも「足先に血液が流れますように」と気長に浸かり温まっていた。

ところが蒲団に入ってから、火照って関節の痛みが増し、寝つかれなくなった。冷たい左足に右足を重ね、熱を移動させた。

あの春の陽気に騒いだ嬉しい気持ちはどうなったのか。

でも原因がわかってよかった。

B病院の診療のあと、しょんぼり遅いお昼をすませた。いつもは美味しいサンドイッチとコーヒーがあじけなかった。


（平成二十六年三月）

口コミで知った医院に満足

ここ一年、腰と右足の関節に悩まされつづけている。毎日が「痛い、痛い」の生活である。医者に掛かってはいるが一向によくならない。気長でガマン強い私でも、そろそろ疑問を感じ出した。

そんな折、友人のMさんが、開業したばかりのN整形外科はどうかと勧めてくれた。評判もよく、予約はいつもいっぱいだとのこと。

「よし、そこへ行ってみよう」とすぐに行動に移した。

こぢんまりとしたおとぎの城みたいな白い建物である。各部屋はコンパクトに設計され無駄がない。おしゃれでかわいい掛け時計が心をなごませてくれる。

レントゲン写真を見てテキパキと判断を下された。やや早口で聞き取りにくい面もあったが。骨はしっかりしていると嬉しい言葉。ひざにヒアルロン酸の注射をされた。太ももの筋肉が痛いのは腰からきているそうだ。

リハビリ室は広々としていて、治療用の簡易ベッドが何台も並んでいる。ＢＧＭが静かに流れていて落ち着く。ひざと腰に電気治療をした。筋肉の緊張をほぐし、こわばりを改善する飲み薬を貰い、次の予約をした。

新築をし、最新式の医療機械を何台も導入し、人も雇わねばならない。一からの出発には、莫大な資金が必要であろう。やり手でないと出来ない仕事だ。帰る道すがら、開業にこぎつけた医師の苦労を想像した。

病院というものは患者を大切にしながらの人気稼業である。口コミで人が集まってくる。「あそこがいい」と言えば患者がどんどん増える。いったん評判を落とすとはやらなくなる。

医業も商売、無口で愛想のない医者は好ましくない。冗談のひとつも飛び出すくらいがよいと思う。

どんな商売でもそうであろう。例えばレストランの類でも「あそこの店は美味しくて、店内もムードがあって」と女性グループの話題に上れば「じゃ、次はそこに決めようか」と話がまとまる。広告よりも口コミの方が効き目がある。

整形外科は地理的にも遠くない。優しい嫁が送り迎えをしてくれる。一生懸命治療に専念しよう。紹介してくれたMさんに感謝したい。

「美味しいロール・ケーキでも買って食べようかな」。いい医者に巡り合って本当によかった。どんどんよくなるであろう。今の私はそんな晴れやかな心境である。

（平成二十七年一月）

歩かなくては

家の中は寒いけれど、外はぽかぽかといい天気。私は軽い骨粗しょう症で、カルシュウムとビタミンDを飲んでいる。Dは陽に当たらないと効き目がない。

「寝たきり・ボケにならない、体にいい歩き方（コスモ21）」を新聞の広告で見付け、本屋さんに持ってきて貰った。

歩く習慣のない人は老化が早い、と書いてある。毎日の散歩も二十分コース、四十分、一時間と、体調や天候に合わせて選ぶ。「歩かなくてはならない」の義務感でなく、楽しんで歩くのでなければ長続きしない、とも書いてある。

公園とか自然の中で季節を感じたり「ああ、ここにこんな花が咲いている」とか、また、通ったことのない道を歩くのもいいだろう、とか。

私は今年に入ってから四ケ月あまり、股関節、足首の関節、腰を順番に傷めている。いつになったらこの痛みに終止符を打てるのだろうか。

体をかばって家の中にばかりいるので気が滅入る。「ウツにならないかな」と言ったら、嫁さんが「お母さんは・・・」と笑った。

歩いてみよう。まだ足首も腰も痛いので十五分でいいな。杖をついてゆっくりと歩く。信号もムリをしない。道路はデコボコがあったりするので不安ではある。転ばないように。

どこかのお屋敷の庭の若葉が清々しい。

私をさっさと追い越していく人が別世界の人のように思える。元気だった去年がうそのようだ。

市の救急センターと、隣接の保健福祉センターがあったところは更地になっていて周囲に縄が張ってある。こんなに広い敷地だったのか。裏の通りが丸見えである。

角を曲がった。

足が痛い。背中が丸いぞ！「頑張って」。

少し歩いていくと、フランス国旗を掲げたこじんまりとしたケーキ屋さんが目についた。建物はうす紫色。最近開店したらしい。

入り口に「お気軽にどうぞ」と書いてある。ふらりと中に入った。作業場のガラス越しに鼻の高いフランス人パティシエが、にこにこと私に顔を向けた。高くて白い帽子も格好よく、ケーキの上に生クリームか何かを絞り出していた。お店の名前は「ムッシュー・ジー」。

狭い店内を見回す。ケースにはマカロンと可愛くデザインされたケーキ、棚には手作りのキャラメルジャムやフルーツジャムなどが、小さなガラスの瓶に入って美味しそうに並んでいる。きょうはお試しに焼菓子を四つばかり買った。お散歩の特典だァ。

のろのろとやっと自宅に辿り着いた。

外の空気を吸って、早く立ち直らないといけない。風でなぎ倒された丈の高い草が、そのまま起き上がれなくなってはダメだ。泣きたい気持ちと、頑張らねばという心が交錯している。自分の体は自分でしか守れない。

（平成二十六年五月）

耳が遠い

最近、耳が少し遠くなった。

テレビからの声は聞こえるのだが、ドラマなどで会話の内容が聞き取りにくい。大きな声を張り上げて争っているのはよくわかる。ヒソヒソ話やひとりごと如きが聞こえづらい。アナウンサーが喋るニュースはきちんと耳に伝わる。アナウンサーは、発声練習や早口言葉などではっきり話す訓練を積んでいるようだ。

テレビに限らず、人様と喋っていても相手が何を言ったのかわからないことが何度もある。そこで、いい加減なところで相槌を打ってしまう。そんなときは必ずといっていいほど、あとで「あの人は何と言ったのだろう」ともやもやした気分が残る。

でもそれはいけないそうだ。「私は耳が少し遠いので」とあらかじめ公言しておいた方が自分も気楽になるからいい、と何かに書いてあった。

耳垢のせいであるように願いながら耳鼻科へ行った。

たしかに耳垢はたくさん取れた。

それから、防音室で耳の検査をした。耳にはめている器具で、無の状態から、かすかな音が聞こえ出し、だんだん大きくなる。音をキャッチした時点で手元のボタンを押す。

その結果、正常より少し下の方にグラフの線が描かれていた。

「大したことないですが、少し聞こえが悪いですね」と医師は言った。「この薬を飲んでみてください」と二種類の薬を処方された。そのうちの一つは内耳の血管を拡げ、血流をよくする薬だ。

処方箋を持参して薬局へ行った。

「この薬でよく聞こえるようになりますか」「いやぁ、元通りにはならないけれど現状維持ですね。今より悪くならないように気をつけてください」

夫も数年前から耳が遠い。一度喋って相手が聞こえなかったときは二度言わなかった。意地悪をしていた。ごめんなさい。

二人でドラマを見ていると、夫は黙って私にリモコンを渡してくれる。「音を大きくしたけりゃどうぞ」という意味である。

耳が遠い人は長生きするそうだ。

朝会社への出勤は、夫の方が私よりも二十分ほど早く家を出る。寒い朝、出がけに夫はストーブを消してしまった。

「あら、私がまだいるのに消してしまって」

夫は家が留守になるのだから、キチッと後始末をしたつもりだったのだろう。それなのに妻から文句が出た。

次の日「ストーブを消していいですか」と夫は鄭重に言った。

「つけておいてください」

「許可を得ましたので消しましたよ」と言って夫は出かけた。私は一人でクスクス笑ってしまった。
世の中にはひどい病で苦しんでいる人が大勢いる。「少しぐらい耳が遠いからってグチを言うな」である。

（平成二十八年四月）

第五章　思い出

総曲輪小学校ＰＴＡ

かかりつけの医院へ行く道はいつもきまっている。Ａ幼稚園の前を通り、右に曲がってからハナズオウやサンシュユの植えてある道を行く。

きょうは先に一つ用事があったので、いつもとは反対側のコースを歩いた。最近あまり通らない道である。

そこは廃校になって久しい総曲輪《そうがわ》小学校のグラウンドの脇である。子ども達が卒業した学校だ。

グラウンドの一部には雑草が生えていた。もっとも真中の部分は、少年野球やサッカーの練習に利用しているので、奇麗に整備されてはいたが。夜間照明が高いところに二基取り付けてある。

校舎側の一部が駐車場になっていた。昔、ここに花壇があり、ウサギ小屋が建っていた。人工の小さな池もあった。その池の掃除は休日にＰＴＡのお父さん方がやった。ねじり鉢巻きをし、ズボンの裾をたくし上げ、バケツで水を汲み出していた。

その反対側には創校百周年を目指して科学庭園が作られた。ＰＴＡ役員が県東部を流れる常願寺川から、大きな石をトラックで運んできた。小型のダム、発電所、くるくる回る水車、よく覚えていないけれど「俛焉《べんえん》の庭」と言った。そんな知恵と汗で作られた庭も姿かたちはなく、アスファルトになっている。あれは一体何だったのだろう。

運動会ともなれば前日にテントの設営を、これもお父さん方がやった。グラウンドの空には万国旗が十文字にたなびいていた。

ところがこの総曲輪小学校は、運動会、遠足、立山登山というと、いつも雨が降った。創校百周年の秋の大運動会も、太陽↓くもり↓雷鳴であった。

夫が一時期ＰＴＡ会長を引き受け、そのあと私も二年間、副会長を務めさせていただいた。広報委員もやった。

「俛焉」という校内紙の記事入手のため、何か行事があるとカメラを掴んで「それ！」と駆け付けた。あの頃は若かった。

新一年生の横断歩道を渡る練習、消防署員が来ての避難訓練、父兄の給食試食会など等。

広報紙は市のコンクールで銅賞をいただき、鼻が高かった。

グラウンドや校舎を囲んでいる生け垣はサンゴ樹である。公害に強いからとＰＴＡ総出で四百五十本の苗木を植えた。そのサンゴ樹の葉も、虫に喰われて穴だらけである。何か侘びしい思いがした。

曲がって正門のところに出た。コンクリートの塀があった。

長男が、その塀に上って飛び降りた。他の子どもも真似をして次々に飛び降りた。そのうちの一人が飛び損ね、運悪く骨折をした。先生が来て、「こんないたずらを一番先にやったのは誰だ」ということになった。

もっと高い塀だと思っていたが、いま見るとこんなに低かったのか。校舎には入れないように、しっかり板が打ち付けてある。

そんな四十年も前のことを思い出しながら歩いていたら、隣の幼稚園から子どもたちの賑やかな声が聞こえてきた。その声はかつての小学生の声と重なった。

医院に着いた。いま私は八十歳。血圧やらコレステロールやらの薬を飲んでいる。

（平成二十五年六月）

学童疎開

弟の大学時代の友人から、お手製の小冊子が届いた。横浜に住み、七十代後半の人である。四十ページあまりの薄いものであるが内容は濃かった。

以前、私が上梓した〝七十六歳まだまだしたいことといっぱいあるちゃ〟のエッセイ本を書店で買い求めてくださり、以後、二、三回文通をした。

冊子の内容は、戦時中小学三年生のときに学童集団疎開をした話である。疎開先は箱根登山鉄道の途中にある宮ノ下というところである。

食べるものがなく、栄養失調症になるまでの経過を飾らない言葉で、リアルに書かれていた。

母親恋しいと思う間などなかった。とにかく腹ペコで、みんなで山へ蕗を取りに行き皮もむかずに醤油だけで煮たが、喉を通らずゲッと戻しそうになった話。

日独同盟を結んでいたからか、ドイツ人の店があった。そこでコーヒーの粉を買い、体には悪いけれどパクパクと腹いっぱい食べたことなどが記されている。

へんてこなものばかり口に入れていたので、体調に異変が生じ下痢が止まらなくなった。別室に入れられ、食事が貰えないどころか水も飲ませて貰えなかった。人の出入りのない部屋で三日間、障子戸の明かりを見つめて寝ていた。小学三年生である。どんなに心細かったことであろう。

親が子どもに差し入れすることは禁じられていた。おそらく不公平が生じるからであろう。

ひどいのは上級生が下級生に「食事を残して部屋へ持ってこい」と命令したことだった。下級生自身が腹ペコなのに何とむごいいじめであろうか。食べ物以外のいじめもあったという。

いろいろなことを思いながら、その冊子を読んだ。

学童疎開といえば富山県井波町の瑞泉寺にも、東京から女の子たちが疎開していた。昔、北陸は雪がいっぱい降った。地元の子どもたちは長靴を履いていたが、東京の子どもは素足に草履（？）だったような気がする。子ども心に「冷たいだろうなぁ」と同情していた。

自分たちの学校の給食は、重湯に米粒が泳いでいるような雑炊だった。副食はさつま芋の葉の和え物とか、いなごの味噌汁だった。東京の子どもたちは、それよりもっとひどいものであったろう。

栄養失調になると、目の前に食事があっても口が受け付けなくなるものだそうだ。富山のある軍需工場で働いていた学徒勤労動員の人たちの食事に、ヘビの焼いたのが出されたという。後日、「あれはへびだった」と聞かされ、みんなはゲボゲボと吐いた。そんな話、どうして自分が知っているのか、あまりにも昔のことなので覚えていない。

富山県城端町の善徳寺に疎開していた子どもたちは、聞くところによると、月に一回地域の各家庭で食事をしたようだ。夫の実家の母は、食糧のない中でも精一杯のことをしてあげた。

母の晩年に、かつて世話になった子どもたち（といってもいい歳）がお礼に訪ねてきたという。

先日地元新聞に、県内学童疎開の調査をしている人の記事が出ていた。それによると、ほとんどの地域では食糧不足に悩まされた。だが昭和十九、二十年にかけて富山湾は豊漁であったために、氷見など沿岸部に疎開した児童は割に恵まれていた、とあった。輸送が発達していない頃、格差は致し方のないことであったろう。
いまは食べるものが巷に溢れている。こんなこともあったのだと、若い人たちに知って貰いたいと思う。勝つために慣れない土地で苦しい生活に耐えながら辛抱した学童たち。体験した人は高齢になってきた。食べ物を粗末にしてはいけない。

（平成二十五年九月）

おたぼちゃん

娘がサツマイモを持ってきてくれた。蒸すとベチャッとなるけれど、焼き芋専用の土鍋で焼くと、焦げ目がついて甘く美味しくなる。

焼いたのを冷めないように何枚もの新聞紙で包《くる》んで、息子の家に持参した。石油ストーブの横で嫁が「お菓子みたいに甘い。これは美味しいわ」と言って孫と一緒に食べている。

嫁は二、三日前に美容院で長めだった髪をバッサリと切り、お河童《かっぱ》にした。前髪が長く眉と重なっている。かわいいと思った。それが「甘い、甘い」と小学生の孫と並んで食べている。幼い子どもみたい。

東北地方に〝座敷わらし〟という少女がいる。旧家の奥座敷などに住む妖怪で、お河童頭の子どもである。そこの家の運勢を左右するという。NHK朝ドラの「どんど晴れ」で出てきたことがあった。それに似ている。

そのときふっと〝たぼちゃん〟という言葉が私の脳裏のどこかに浮かび上がってきた。

アレ？　〝たぼちゃん〟、私が子どもの頃、確かそんな言葉があったと思う。十歳以下ぐらいの女の子をそう呼んだような気がする。

女学校のとき、私の左に腰かけているNさんが、たぼちゃんの絵を描くのがとてもうまかった。目はクリッとしていて八頭身、足もほっそりとしていた。「私にも描いて」と、ノートのページをむしり取り、用紙を差し出した。

私がまだ幼い頃、姉のお下がりの服を着せられ母と道を歩いていたら、よそのおばさんに「お利巧そうなおたぼちゃんですね」と言われた記憶がある。美人じゃないけれど、あどけなさがあったのかな。

おたぼちゃんは、富山県南砺地方の方言かもしれないと思った。いまは使わない。六十代の人に「おたぼちゃんという言葉知ってる？」と訊いてみた。「知らない。何のこと」と言う。

皇室言葉かな。例えば宮中では母上様のことを〝おたたさま〟と言う。

古語辞典を調べたが出ていなかった。

がっかりすることを覚悟しながら広辞苑で「たぼ」を繰ってみた。若い女性の称、とある。また、日本髪の後方の突き出たところともある。方言ではなかった。

どうしてこんな昔の言葉を思い出したのであろうか。

満足そうに芋を食べている四十代の嫁が、Nさんが書いてくれた絵と重なった。嫁に「おたぼちゃん」と呼んでみた。嫁はわかったのか、わからないのか、にっこりとこちらを向いた。

〝たぼちゃん〟〝おたぼちゃん〟いい響きではないか。

（平成二十六年一月）

ヘビ

「あ、ウマがヘビを追いかけている。ヘビがかわいそう」

会社事務所の金庫の上に、ヘビの鋳物製置物を一年間飾った。高さ十センチ、長さ三十センチぐらいで、体は金色、コロッと太く、細い目がにこにことしてかわいい。大抵、干支《えと》の置物は一月を過ぎて正月気分がなくなる頃に片付けてしまう。だが、このヘビは表情もよく大きさも程好いので、とうとう一年間眺めた。

その年の春、庭にいた本物のヘビを追い出し、神社の境内に捨ててもらった。その申訳ない気持ちもあった。

暮れの大掃除の日に、次の干支のウマの置物を出した。これも鋳物製で、高さ三十センチほど、左前脚を持ち上げ躍動的である。二つ並べると動のウマに対し、静のヘビが追いかけられているようだ。慌ててヘビを箱に納めた。「一年間守ってくれて有難う。十二年後にまた出してあげるからね」と。

ふっと考えた。十二年後は私が九十二歳、小学五年生の孫は成人してしまっている。あら、あら、その頃我が家の家族たちはどうしているのであろうか。

子どものとき、遠足の途中に石碑がある広場で休憩をした。石碑は石を積んだ上に建っていた。その石を積み上げた上が丁度よい腰掛場所だった。ところがあっちからもこっちからもヘビが顔を出してきた。ヘビの巣だったのだ。みんなはギョッとして一目散に逃げた。ヘビは石垣が好きだそうである。

私が最近行き出した美容院の美容師の自宅は、一軒家で庭もあるそうだ。以前、庭に一匹のヘビが住んでいた。住処《すみか》は縁の下である。天気のいい日は庭に出て遊ぶ。つぶらな瞳をしていて愛嬌ある顔だそうだ。それでも「家の中へ入って来ないでね」と話しかけたりしたとのこと。

あるとき、植木鉢にとぐろを巻いていたので、ホースで水をチョット掛けたら体をピクッとさせた。ヘビは水が嫌いとのことである。だから雨が降ると遊びに出ていたヘビは、物凄いスピードで体をくねらせながら縁の下に帰って行くのだそうだ。

「ヘビの抜け殻が木にぶら下がっていることがあるけれど、ヘビは冷血動物なので抜け殻も冷たい」と美容師は語った。

隣の家にネズミがいたので、餌に不足はしなかっただろうとのこと。ところがある時期に隣家は家をこわされたので、その後何を食べていたのやら、と彼女は心配した。

案の定、ある日からヘビを見かけなくなったそうだ。「最近はカラスが多いから、恐らく食べられたのではないかと思うとかわいそうで」。

七十歳前後の美容師さんは、まるで物語を語るようににこにこと楽しげに話された。私は興味深く聞いた。気持悪いと言いながらもヘビの話は面白い。

十二年後、私が生きていたらヘビの置物を「御久し振りね」とまた出すことであろう。

（平成二十六年一月）

九月いろいろ

八日は中秋の名月であった。私は南側の窓辺に寝ている。ベッドに横たわる頃、ガラス越しに円くて明るいお月様が空高くに皓々と輝き、その光が部屋の中にも差し込んできた。

思わず嫁さんに「お月様きれいだよォ」とメールをした。眠るのが勿体なかった（惜しかった）。今晩はどんな夢を見るだろうか。

夫の同級会（参々会）は、今年富山当番である。毎年会報を発行している。お世話する同級生は四人いるが、八十五、六歳ともなれば皆さん体調が悪い。自分の同級会でもないのに、会報の編集は私の仕事となった。校正を二回やり、出来上がってくるまでの待ち遠しさ。

十六日、富山の呉羽ハイツでの一泊同級会は一番元気な夫が取り仕切った。翌日帰宅後、さすが精神的に疲れた様子だった。

私は私で、当日欠席された方四十名ばかりの会報を発送して、精根尽き果て仕事は終了した。郵便局の帰りほっと気が抜け、打ち上げに竹林堂の酒饅頭を十個ばかり買って帰った。

高校生の孫の運動会もあった。この高校の色団は「青龍」「白虎」「朱雀」「玄武」に分けられている。玄武は黒である。(運動会では白)これは薬師寺如来像の台座と同じ、四方四神から来ている。

お昼に行われる応援合戦が面白いと、うちの嫁さん食事もそこそこに学校へ。外交的で元気な嫁さんである。

休日には手間暇かけて白玉粉でずんだ餅を作った。息子の家族にもおすそ分けしたら「チョー美味しかった。また作ってね」と嫁さん。「あんな面倒くさいもの、もう作らないかも」と私。

月末近くにデパートで華道展があった。二人席である。李朝の壺に豆柿とドラセナ・ソングオブインディア、それに大きな石化鶏頭を三本入れた。相棒は人生でも一番面白くて調子の出る五十代の人。八十歳を過ぎ、体力も衰えた私を助けて、花器や花材などを運び、水を汲んでくれたり大いに助かった。

一つの大きな行事を終え、満足感にほっとする。

美容院の帰りには、フランス国旗を掲げたお菓子屋さんに寄った。ドアを開けると横の部屋からガラス越しにフランス人パティシエがにこにこと私に手を振った。

今日はマカロンと、チョコチップが混ざった大きくて丸い焼菓子を二枚買った。高価で美味しいものは数少なく買う。ＪＲの電車の中で友人と食べよう。

九月はいろいろ賑やかな月であった。十月もいい日々でありますように。

（平成二十六年十月）

ひとつだけ残った花嫁修業

娘時代に、母が近所に住むいけばなの先生の所へ行くように勧めた。私は素直に従った。小原流との出合いである。

玄関脇にある階段を上った和室に、長いテーブルが幾つか並べてあった。そこで畏まって教わった。高校一年の四月だった。

はじめてのとき何を生けたかよく覚えていないが、矢車菊を足元に添えた盛花だったように思う。「春らしいなあ。うん、いけばなも悪くないな」と思った。

母は、茶道やお琴の先生も紹介した。

お茶はお点前のとき、皆の目が私のごつい手に集中していると思うと焦った。

お琴はお寺の奥様の所へ習いに行った。だが、音痴の私には苦手だった。

高校二年になると、ドレスメーカー女学院の夜間部に入学させられた。「いくら花嫁修業でも、そんなに沢山は無理だよう。学校の勉強はどうなるの」と、ぼやきの独り言。

明治生まれの母は、娘が嫁いでも恥をかかないようにと、真剣だったのだろう。慣れてくると何かと理由をつけて休むことを覚えた。でもいけばなだけは何故か休まなかった。もっとも試験中はお花だけを貰いに行ったが。

私たちの先生が町に小原流を広められ、農協ホール新築の御披露目として、いけばな展を依頼された。

富山県井波町は彫刻の町である。ベレー帽をかぶったお兄ちゃんたち二、三人が彫刻の傍ら小原流を少しかじっていた。「火星人」と題した愛嬌ある造形作品を合作してくれた。

結婚して富山市に移り住み、子育てに専念した。いけばなはもうやらない心算だった。ところが少し落ち着いた頃「またやろうかな」という気持ちが頭をもたげてきた。けれども十年間のブランクは痛い。龍宮城から舞い戻った気分だった。

先生は教科書を広げ、初歩から丁寧に説明してくださった。二、三回通ううちに、体で覚えたことは忘れていないことに気がついた。

どんな先生とも知らずに弟子入りしたのだが、にこやかで優しく、弟子が上達することを心底、願っておられた。いつも豊雲お家元を心から尊敬していらっしゃった。先生が生けられた花には人柄が表れている。

次第にいけばなの道は技術だけでなく、人間をも磨く場でもあると思うようになった。八十歳を過ぎて気がつくと、唯一残っているのは、母の思い出のいけばなであった。

（平成二十七年四月）

静かな立山を胸にしまう

「雪の大谷へいっぺん行ってみたい」と夫がツアー募集の新聞広告を見ながら言った。

雪の大谷というのは、標高二四五〇メートルの立山室堂平にあり、道路に積もった雪を除雪してできる、高さ二〇メートルほどの雪の壁のことである。道の両側に五〇〇メートルほど続く。

室堂平は世界でも有数の豪雪地帯で、殊に大谷と称するところは吹きだまりである。その雪の大谷を四月十六日から六月中旬にかけて公開する。私たちは五月九日に参加することにした。

「山をなめたらいかん」と、夫が長靴を持って行くと言い出した。「それはいらないでしょう」と私。

たまに遊びに来ていた娘が「北陸に住んでいて、まだ雪を見に行くがけ」と物好きなという顔をした。

途中、県木である立山杉の巨木や、ダケカンバなどをバスの車窓から眺めながら室堂に着いた。

霙に近い雨が降っていて視界不良であった。

寒い。持参したマフラーが大いに役に立った。

わぁ沢山の人だ。しかも耳に入ってくる会話は日本語ではない。中国、韓国辺りであろう。それに台湾も直行便があるし。あまりにも大勢の人で落ち着かない。

「雪の大谷を歩かれないのですか」と私。「いや、傘をさしてまで歩く気にはなれん。コーヒーでも飲みに入ろうか」と夫。

ホテル立山の暖房の効いた喫茶ルームのソファーに腰を下ろし、ケーキセットを注文した。「あれぇ、こんな高い山で地上にいるのと同じケーキが、しゃれたお皿に出てくるなんて」と、意外に思った。

ふっと六十五年前の高校時代の登山を思い出した。

お米の入ったリュックサックが肩に食い込み、汗が滴り落ちるなか、称名滝の麓から一気に高低差七〇〇メートルの八郎坂を登るのは、いくら若くてもきつかった。

登り切ったとき、眼前に広がった弥陀原にカッコウやウグイスの声を耳にし、どんなに蘇生の思いがしたことか。

浄土山では私を含む数人が皆とはぐれ、道のない崖をハイマツにしがみつきながら必死でよじ登った。転落したらもう命はないと思った。

夜は肉の入らないライスカレーを食べ、毛布にくるまってギュウギュウ詰めに並んで眠った。それらのことが生々しく蘇った。今は何と贅沢なことか。

テレビは北陸新幹線開業の効果で、立山黒部アルペンルートの観光客が一気に増加したと報道している。

江戸時代、女人禁制だったほどの神聖な立山があまりにも俗っぽく観光地化されてしまったように思い残念でならない。夏山ともなれば高山植物が守られるのだろうか。こんなにも大勢の人が乗り物で簡単に訪れては、山の自然、静けさ、感動というものが失われてしまう。

頂上へ登る体力もなくなった今は、山の大自然を胸に、下界から仰ぎ見るのが一番いいのかもしれない。

高山植物を左右に眺め、てくてくと歩き、登る人、下山する人お互いに挨拶を交わしたあの頃が懐かしい。


（平成二十七年五月）

小学校・国民学校の頃

小学校低学年の秋の大運動会は、それはそれは盛大なものであった。
運動場の空には十文字に万国旗がはためいていた。女子は白の運動シャツに紺のブルマーをはいた。鉢巻きは赤または白。
♪待ちに待ちたるその日となりぬ、
　空に朝日の影さえ清く
　旗風勇まし晴れなる庭、ああ心地よや♫
こんな歌を歌って始まった。
運動場いっぱいに大きな声援が響いた。
お昼には母がのり巻きをお重に詰めて持って来て

いた。その頃、のり巻きはご馳走だった。運動場の周囲に植えてある桜の木の下で、それぞれの家族がお弁当を広げた。楽しかった。嬉しかった。

昭和十五年二年生の時、皇紀二千六百年を迎えた。神武天皇が即位されて二千六百年目である。

♪……紀元は二千六百年、ああ一億の胸はなる♪の奉祝の歌を歌った。

仮装行列があり、私は町内のどなたからか中国服を借りた。弟は、獅子取りの恰好をした。顔を白く塗り、頬と額中央に赤いちょぼを描き、五歳にしては重そうなししゅうをした前垂れをつけた。

この〝皇紀〟は戦後使われなくなった。

それは、昭和十六年十二月八日の朝、ラジオからの臨時ニュースを聞いたことに始まる。私は足の関節を痛めていて、硼酸液で湿布をしており、そのガーゼーを取り替えていた時だった。

「臨時ニュースを申し上げます。臨時ニュースを申し上げます。大本営陸海軍部十二月八日午前六時発表。帝国陸海軍は本八日未明、西太平洋においてアメリカ、イギリス軍と戦闘状態に入れり」

その時は既に小学校は国民学校に改められていた。

だんだん物資が不足してきた。南の島を占領したとかでゴム毬がクラスに一個配給になった。一個のゴム毬は抽選でもらう人を決めた。運よくもらった友は神棚にお供えしてから使ったという。

五年生の時、学校から杉谷へ草刈りに行った。杉谷は砺波平野が一望できる閑乗寺高原（標高三百メートル）からさらに三キロメートルほど奥に入ったところにある。おそらく開墾して芋か何かを植えてあったのであろう。

担任の先生には生まれて間もない赤ちゃんがいた。母乳を飲ませるために家の人が閑乗寺まで赤ちゃんを連れて来られた。子ども心に大変だなあと思った。

また或る時は農家の人が稲刈りをされたあとの田圃に入って落ち穂拾いをした。ミレーの落ち穂拾いとは程遠く、体育のシャツにブルマー姿で横一列に並んで拾った。拾った穂は田圃の隅にまとめて置いた。

いよいよ戦争も激しくなり、東京の笹塚国民学校から、学童が集団疎開をして来た。子どもたちは、瑞泉寺の廊下に座って授業をしていることもあり、気の毒に思った。

昭和二十年、県立砺波高等女学校への入学試験は口頭試問だった。いつ空襲警報が発令されるかわからない状況下、物物しいいでたちでの受験である。綿の入った防空頭巾と、救急道具の入った鞄を十文字に肩に掛けていた。

試験場へ入室する時は「〇〇番、参りました！」と軍隊式に大きな声で告げてから前へ進んだ。試験官が一斉にこちらを向いて態度を一部始終見た。

今年は戦後七十年である。記憶は消えることなく次から次へと浮かんでくる。むしろ、平和になってからの記憶が曖昧なのはどうしてだろうか。

国民学校は戦後間もなく小学校に戻った。

（平成二十七年九月）

井波風と火災

子どもの頃、富山県井波町（現、南砺市）に住んでいた。

春になるとこの地方特有の大風が吹いた。〝井波風〟と称して地元では有名である。二階で姉と寝ていたが、木造の家はハンモックのように揺れ、ミシッ、ミシッと音を立てた。閉めてある雨戸もうるさい。外は風が唸り声を上げている。

家が壊れるのではないかと怖かった。布団をかぶった。風速どれだけだったのだろうか。

町の東に八乙女山がある。大通りの突き当たりに、石垣をめぐらした瑞泉寺がどっしりと構えていて、八乙女山はその後にある。山から町に向かって風は吹き下ろす。ここに風神様が住んでいるそうである。

八乙女山には南砺市文化財に指定されている風穴がある。そこには、しめ縄が張ってあるとか。

私がまだ生まれていない大正十四年、井波風の吹く日に大火があった。たちまち猛火は、ゆるい勾配の町全体をなめつくした。新築開校したばかりの小学校も数分で火炎に包まれたという。昼過ぎに出火して夜七時頃まで燃えつづけたというから、推して知るべしである。

我が家は東でも上の方であったので類焼を免れた。

近くに火事があると、父は土蔵の土戸を閉め、用心土で目塗りをした。蔵の中には万一のため、かめに水が備えてあった。

私が覚えている火災のときは、ランドセルに教科書を詰めて近所の親戚に避難した。大昔は神仏を持たせたらしい。

女学生の頃であったか、家のすぐ後ろの料理屋から出火した。土蔵が目の前にある。火があまりにも近くだったので、母は蔵の中の物を運び出していた。「蔵の床が熱くなった」とあとで母から聞いた。私は井戸から水を汲み上げ、そこら中に撒いた。「滑って危ない」と叱られた。

背戸の味噌蔵の横には、粘土のような土が盛り上げてあり、私と末の弟とで水を入れて足で捏ねて遊んでいたら叱られたことがある。今思えばあれは土戸に塗る、いわゆる用心土だったのだ。

昔、八乙女山の風穴のしめ縄を、いたずらに切った者がいた。途端に井波風が吹き荒れたという話を聞いたことがある。

名菓に「いなみ風」がある。もち米で作った煎餅風のものだ。子どもの頃食べたことがないから、近年観光地化されてから出来た物であろうか。

富山市に住んで六十年になる。井波風とはすっかりご無沙汰している。

（平成二十七年十月）

第六章　ふれあい

タクシー運転手に同情

病院の帰りタクシーに乗った。

大学附属病院は小高いところに建ち、自然に囲まれた地にある。富山市街へ帰るとき、運転ができない者は一日に何本かあるバスに乗るか、急《せ》いているときは待機しているタクシーに乗るかということになる。

目の前にタクシーがいて、エンジンがかかっているのに運転手がいなかった。そのうち慌てて「すみません―お客様」と向こうから走って来た。年配の男性運転手だった。

「ちょっとコーヒーを飲んで休憩していたもんですから」と、ペコペコ頭を下げた。

「ここのコーヒー美味しいんですよ。私も十二時過ぎに診療が終わって、サンドイッチとコーヒーでお昼をすませて帰るところです」。

坂を下りてファミリー・パークの前を通った。ここは動物園やバーベキューをする広場などがある。

「ここへは一度も来たことがないんです」

「あれぇ、そうですか。一ぺん来られたら」

「子どもか孫を出しにして来ないと、一人では…」と私はボソボソと言った。

「やぁ、歳いったらたまには一人で何もかも忘れて、ぶらっとあちこち歩くのもいいもんですよ」

「まぁ、そうでしょうけれど…。私、新聞などの広告を見て主人とよく旅行をするんです。ほとんどがリタイアした年配の夫婦で参加してますね。主人が『ここへ行ってこようか』と言うと、お互いに自分の手帳を見て『じゃ、この日に決めよう』ということになるんです」

「いいですねぇ。うちは『温泉でも一晩行ってくるか』と言うと女房が『そんなお金あるがなら私にお金で頂戴』と言って行かないんですよ。『旅行に行ってまで何であんたに気遣わんなんがけ。友達と行った方がよっぽど楽しいわ』と言うがでっせ」

「…私は主人がどこそこへ行ってこようかと言ったとき、一緒に行っておかないと、あそこへ行きたい言うていたのに行かなかった、とあとで後悔するかと思って」

「それが本当の夫婦というもんですヮ」としみじみと言った。私はこの運転手さんが気の毒に思えてきた。

運転手さんのグチはつづいた。

「給料はよこせ、年金はよこせ、何に使うのやら。そろそろ仕事辞めようか、と言うと『まだ働いてもいいと言われているのに、どうして自分から辞めるがけ』と言うがです」

私は何と言っていいかわからず、「でも健康で働けること、感謝しながら過ごしていれば幸せでないがけ」と苦し紛れに慰めた。

降りしなに「旦那さんを大事にしてあげてください」と心の底から言ってくれた。

きょうは穏やかな運転手さんといろいろお話ができて楽しかった。

病院での待ち時間も少なかったし、サンドイッチも美味しかった。

いつも優しいけれどひげ不精の先生も、きょうはすっきりしたお顔だった。

楽しいことがいっぱいの一日であった。


（平成二十五年七月）

註　夫曰く「他人の前で自分の奥さんを褒められないから、そう言ったのかも。男はそういう照れるところがあるんだよ」。「そうかなぁ…」

美容院でのお喋り

美容院の大きな鏡の前で「家庭画報」を見ていた。奇麗な写真のページが多いこの雑誌は、読むというより眺めて楽しむ本だと思う。

宝石あり、どこそこの懐石料理あり、ファッション、贅沢なしつらえの旅館やホテルの紹介など、ページをめくりながらグレード・アップの生活を夢見るひとときである。

この美容院は、急な階段を上って二階にある。鏡の前の椅子は四席あるのだが美容師さんが二人だけなので、私はシャンプーをした後、真中の席に座り順番を待っていた。私の左右にお客が一人ずついる。自然に両隣のお客さんと美容師さんのお喋りが耳に入る。

顔は意識して見ないようにしていたけれど、話の内容から五十代か六十代ぐらいの人であろうか。

舅が夜中、ベッドでおもらしをする。トイレに行く気がない。毎朝、シーツや中敷を洗濯するのが日課だという。もちろん、パジャマもであろう。ご主人と二人でやるのだそうだ。毎日のことなので慣れた手つきになってきた。「私たちホテルでベッド・メーキングの仕事やれるよね」と、話し合っているとのこと。恐らくベッドのことばかりではないと想像する。

ところがその人は明るくさばさばと喋っている。くどきごとではない。暗さなど微塵もない。主人が時々お義父さんを叱るけど「怒られんな（怒らないで）」と言うのだって。偉い方だなぁ。舅さんは八十六歳だそうだ。

私は思わず夫に感謝をした。夫は八十四歳。時々忘れ物をするけれど、読書をしたり、ゴルフ・ルールの勉強をしたりしている。日常の生活で私の手を煩わせることは何もない。むしろ、私以上に元気である。感謝、感謝である。

左側に座って仕上げをしてもらっているお客さんは、今年米寿を迎えたという人。切り干し大根の簡単なお料理のことを喋っている。横で聞いている私は「うん、うん、私も拵える」と心の中で相槌を打つ。

「女は歳を取ると、おしゃれをして小奇麗にしておかなくては」と、お料理の次はおしゃれのお話だ。宝石やアクセサリーは、控え目にさりげなく身につけるものだそうだ。

美容師さんが「そうですねぇ。奥様の持っていらっしゃるのは本物だから。若い人がイミテーションをこれでもか、これでもかと胸にじゃらじゃらぶら下げるのはどうも…」と言っている。

ご婦人が帰って行かれる時、後姿をちらっと見た。モスグリーンの大人しいスーツにローヒールの靴。杖もつかず階段を上って来店されている。私はといえば、やっとの思いで階段を上って来る。老化は足からか。

このように美容院は雑誌だけでなく、お客さんたちの生のお喋りも聞ける。その中には「なるほど！」と得るものも多い。美容院は、髪形を美しくしてもらうばかりでなく、自分の暮らし方とまた違う小世界をのぞけて面白い。

（平成二十五年八月）

大正初期の修学旅行

「実家の蔵で見つけた」と、下の弟が古ぼけた冊子を一冊持って来た。

表紙には「ふたがみ」と印刷されている。高岡市にある二上山のことである。その下に右から横書きで、富山県立高岡高等女学校々友会とある。もちろん旧の漢字である。発行はいつかと後ページを見ると、大正四年十月となっている。今から百年も前だ。

「こんな古いものを」とパラパラとページをめくった。黄ばんだ用紙には現在使われていない文体で、生徒たちの文や記事が載っている。やたら漢字が多くて読みづらい。

私の母は明治三十五年に富山県南砺市福野（旧東砺波郡福野町）に生まれ、県立高岡高等女学校に通っていた。

冊子の中で目についたのが「修学旅行の記」の生徒の一文である。

〝まだきより起き出で、嬉しさあまりて小躍りせり。――友と打ちつれて停車場にと急ぎぬ〟「まだき」とは朝まだ暗いうちにの意である。

〝車窓より眺むれば野は一面の花盛り。白い蝶の飛び交ふる様、さながら絵のやうなり。馬の鈴のチャラチャラ音させて田を耕す……〟

実にのどかな風景である。どこへ旅行するのだろう、関西方面かなと思っていたら、なあんだ、呉羽トンネルをくぐって富山か。〝小杉呉羽の二駅を過ぎ、一声の警笛、隧道の闇を突破…列車はいつしか富山駅に着きぬ。〟とある。

そういえば汽車が走っていた時代、トンネルに入る前に合図の汽笛がなったものだ。慌てて窓を閉めた。

〝整列なして先づ招魂社に詣づ〟とある。現在の護国神社である。

〝神通河畔に沿いて呉羽山に向ふ。道すがら昨年の大洪水の跡を見るに、橋は押し流されれ…当時の惨憺たる有様…〟

〝先ず御廟に参拝せり。幾百の灯籠数基の御墓、苔蒼く老樹生ひ茂りて昼猶暗し。友の誰か「かかる所に住まばや」と申されけるに、若き尼君のやうなりと言ふものありて皆ふき出したり。〟とある。

御廟は富山藩主、前田家歴代の墓所である。その頃の長岡墓地はうっそうとしていたのだな。それにしても友人たちの会話が面白い。

呉羽山の頂上でお弁当やお菓子を広げたらしい。景色に見飽きたころ、雑談をして大笑いをしたとある。

〝……横合いより若い者は箸の転げるもをかしきものに、と老人めきたること言はれければ、又々大笑なしたりけり。かくて、笑を山頂に残し……〟笑を山頂に残すとは、うまい表現である。

〝旧道より山を下り、疲れたる足を連隊に運びぬ。〟

そこで兵営生活の模様や、建物の説明を受け、営内を隈なく見学したとある。大尉殿の好意で一同に麦湯をいただいたとのこと。

汽車時間がなくなったのであろう。停車場まで続けさまに駈け、ようやく間に合ったらしい。

それにしても富山駅↓護国神社↓呉羽山↓連隊の見学↓走って富山駅、すごい強行軍である。乗り物には一切乗っていない。十キロメートルくらいは歩いているだろう。もちろん、和服、袴の時代である。体力があったのだなぁと思う。

高岡駅に下車したのは、夕暮れも薄暗くなってからであった。

ちなみに表紙の「ふたがみ」は、標高二七四メートル、天地を司る神が住むと恐れられていた。今はスカイラインになっているが、昔は険しい山であったらしい。越中の国司であった大伴家持が二上山の歌を詠み、今も市民の心のよりどころとなっている。

（平成二十六年八月）

街中に賑わいを

某日、「ミレーの夕べ」があった。主催者は〝まちづくりとやま〟、後援は富山市である。定員十五名のところ運よく抽選に当たり夫と二人で出掛けた。

主旨がよくわからないまま出席したが、中心市街地に賑わいを生み出し、もっと街の中を活性化させようということらしい。会費は一人三千円。

二年前、富山市中央通りに気軽に立ち寄れる小さなまちなか美術館が出来た。美術館の名は「ギャルリー・ミレー」。ここが今日の会場である。

展示してある絵は、主に十九世紀中頃のミレーを中心にしたバルビゾン派の画家たちの絵である。たくましく働く農民の姿や、抒情的な風景画が多い。

一通り絵を鑑賞し終えた頃、主催者側から「こちらへどうぞ」と声がかかった。

立食でいくつかある小さなテーブルを囲み、シャンパンで乾杯をした。そのあと各自で後方の台の上に並んでいるオードブルをバイキング形式でいただく、という趣向である。

和食のオードブル、にぎり鮨、小さな俵型のおむすび、チーズなどが並んでいる。白ワイン、赤ワインもある。

　参加者は私達が一番年配で、あとは中年の夫婦や知り合い同志の若い人達も来ていた。私は杖を突いているということで簡単な椅子をすすめられ、料理も係の女性が見繕って取ってきてくださった。その好意は有難かった。

　皆さんはそれぞれにおしゃれな服装での参加である。

　主催者側は会の進行に一生懸命であった。少しぎこちない感がしないでもないが。

　ご馳走がほぼなくなった頃、改めて学芸員による絵画の解説があった。

　モンシャブロンの「牧場」の絵は、広々とした田園風景が繊細に描かれており、そこに寝そべってみたい感覚になった。長閑である。

　もう一つ気になった絵はミレーの「森の中の恋人たち」である。少女は肉体豊かで胸が半分はだけ、スカートは深緑色である。少年の部分は絵が暗くてはっきりわからないが、あどけない感じがする。

　ギリシャの古典小説に、羊飼いの少年ダフニスと恋人クロエの無邪気で清純な愛を描いたものがあるという。ミレーはその物語を愛読したらしい。

そういえば、三島由紀夫の「潮騒」もその小説にのっとって書かれたとかいう。絵に対して、どの作品も額縁が豪華であった。

おもてなしの最後は、若い人二人によるギターとフルートの演奏であった。曲はドビュッシーの亜麻色の髪の乙女や、サンサーンスの軽い曲などであった。

もう少し広ければ人数も多く動員できたのに、こんなに楽しくて優雅な催しが、あまり知られることもなく行われるのは残念に思った。そして車社会でなく、欧米のように街の中をお散歩する人が沢山増えますようにと祈りながら会場を出た。

（平成二十六年十一月）

第九交響曲

十二月半ば、夫の妹が「第九」のチケットを二枚持ってきてくれた。彼女の義弟が東京交響楽団の最高顧問を務めている。富山県、立山町出身の金山茂人氏である。

富山市で行われている第九交響曲〝歓喜の夕べ〟は今年五十回目を数える。年の瀬の風物詩であり、これを聴かないとお正月が来ないという感じである。

最初の頃は京都市交響楽団や、東京芸大音楽部管弦楽団他が、交互に演奏をしていたそうである。平成元年からは東京交響楽団専属となった。

会場も平成七年十二月の富山市公会堂を最後に、八年からはオーバード・ホールとなった。威容を誇った公会堂が老朽化のため、取り壊されたのである。

近くのホテルで早めの夕食をすませてから入場した。

ホワイエでは、金山茂人氏らが入場する客を出迎えていた。普段ご無沙汰している人々にも出会い、お互いに賑やかに挨拶を交わし、笑みがこぼれた。

茂人氏の奥様（ピアニスト）をはじめ、夫の同級生ご夫妻、金沢市よりはるばるの妹のT子さん、元ライオンズクラブ員の奥さん、そして私の弟夫婦ら、富山の芸術文化を愛する人達が続々集まって来た。

殊に同級生ご夫妻は、若い頃、ウィーンやドイツまでもクラシックやオペラを聴きに行った音楽好きの人である。

今日の指揮は、国内外で活躍中の現田茂夫氏。

おや？コントラバスが大抵のオーケストラでは右側にあるのに今日は左側にある。何か違和感を覚えた。

後日、茂人氏への礼状の中で聞くと、四月から当楽団に音楽監督として就任した、ドイツの名指揮者、ジョナサン・ノット氏の要請によるものだそうだ。ノット氏が振らないコンサートでは、指揮者はやりにくいだろうなぁと思った。

第一楽章から三楽章までステージは進んだ。

いまでは年末に行われる第九が当たり前のように定着しているが、発足当時は運営面、資金面で困難なこともあり、毎年の開催ではなかったようである。主催者側の熱意や協力に感謝しながら聴いた。

いよいよ第四楽章になり合唱団員が入場してきた。若い人から年配の人々、四五〇人が秋から厳しい練習を積み重ねたという。以前に参加した知人は「ドイツ語を覚えるのが大変で」と言っていたことがある。

メンバーは、県内高校の合唱部も多く、オーケストラの人たちによれば「富山の合唱団の声は若い」とのことである。

曲が終ると満席の会場から拍手が止まなかった。

アンコール曲は「きよしこの夜」と「蛍の光」であった。目を閉じると美しい歌声が心に染み込んできた。薄暗くなった舞台の左右にはステンドグラスの窓が映し出され、ぼたん雪が静かに降ってきた。思わず感傷的になる。

客席が明るくなった。例年のことであるが、三階席から「よかったぞォー」「ありがとう」の大きな声が飛んだ。

楽しいひと夜を過ごさせていただいた。どうかこの平和がいつまでも続きますように。

（平成二十六年十二月）

素敵なティータイム

ハーブティを口にした。

カップの中は何と綺麗な色。オレンジ色と朱色を混ぜたような色で透き通っている。小皿に載せたティー・バッグの紙からは、花びらや、こまかいハーブの姿が見えた。

銀行の神戸旅行に娘が夫婦で参加した。そのお土産である。

何のハーブだろうと小箱を見た。南アフリカのルイボス、チリのローズヒップ、エジプトのハイビスカス、パキスタンのローズレッドなどをブレンドしたものとある。心と体にご褒美を！とも書いてある。神戸のハーブ園ででも買ってきたのだろうか。

ちょうど頂き物のゴディバの抹茶クッキーがあったので、それを齧りながら立ち上がる湯気の香りを夫とともに楽しんだ。夫は満ち足りた表情で私の顔を見た。「美味しいね」

十年ほど前に、サンクトペテルブルグへ旅した。ティータイムには、ボーイさんがみんなのカップにお湯を注いでまわった。その後から別の人がプレートに何種類かのティー・

バッグを載せて持ってきて「好きなのを取りなさい」と言う。

日本とは逆の紅茶の入れ方で、「ところ変われば何とか」だなと思った。

外孫が英語の勉強のためにイギリスへ行ったときのお土産も紅茶だった。これは缶に入っている。

その土地、その土地の紅茶を味わってみるのも面白い。

明日の天気を約束する、夕焼け空のような紅茶を楽しみながら「こんな色の服がほしいなぁ」とおしゃれ心をかき立てられた。

連休最後の素敵なティータイムで、申し分のない気分になった。

よし、明日からはまた頑張ろう。

（平成二十七年十一月）

ありがとう白いダリア

十月半ば病院の定期検診を終え、コーヒーショップでサンドイッチとココアを注文した。サンドイッチを口にしながら中庭に目を遣ると、小さな赤ちゃんの手のような葉のもみじの木がある。紅葉はせずに青い。

ふと半月ほど前、富山のデパートで開催されたいけばな展を思い出した。

二人で合作となると、スペースに似合った大きめの作品にしなければならない。

若い頃、たやすく持ち上げていた大水盤が重くて持てない。長方形で鉄砂色の模様が入った特大水盤を、物置から息子に出してもらった。息子は軽々と運んでくれた。

一週間ほど前に生花店に注文しておいた花が、生ける前日に配達されてきた。

石化したおばけ鶏頭、われもこう、青いもみじ、ダリアなどだ。

クリスマスの頃に出回るゴールド・クレストは小ぶりのを三本、前もって園芸店で買っておいた。

配達されたもみじはすぐにアルコールを使って水揚げをした。「萎れないように元気でいてね」とそっとつぶやく。

問題はダリアである。薄いピンクで、ぼたんのように大きいのがほしかったのだけれど、「これしかなかった」と、ローズ色の小さめのが配達された。

思わず高岡市に住む弟子のNさんにグチをこぼした。Nさんは「それは大変」と、高岡市じゅうの花屋さんに問い合わせ、奔走してくださった。

やがて「白だけれど女王さまのように大きいのがあった」と電話の向こうで嬉々とした声で報告をし、車を走らせて富山まで届けてくださった。Nさんの熱意と好意に頭が下がった。

デパートでは夜六時半からの生け込みである。花器、花材、バケツなどの運搬は、合作のパートナーの力を借りた。若いといっても六十代後半の人である。やはり水盤は重そうだった。

おばけ鶏頭、みどりのゴールド・クレストを横に並べ、女王さまのダリアを低めに配し、つなぎに青い小さい葉のもみじを挿した。最後にわれもこうを軽やかに高めに入れた。

出来上がったのは九時近くだった。

次の日から三日間は、毎朝デパート出勤である。

開催中は軽く冷房が入るが、夜は止まる。大きなダリアは案外弱かった。外側の花びらがひらひらと散りそう。「頑張って！」

三日目の朝、一番丈の大きい鶏頭が頭の重みで倒れていた。茎の根元も柔らかくなっている。元気のないものはみな交換をした。

ところが次のような評であった。

「豪華でどっしりしていた」

「白く大きなダリアが見事だった」

「われもこうが冷房の風で揺れ、作品に優しさを添えていた」

「若い人の作品かと思うほど、迫力があった」

会場に足を運んでくださった方々から、頂いた言葉だ。

褒められて気をよくしたものである。

中庭のもみじの木を眺めながら、過ぎ去った苦労を淡く思い出した。

大変だったけれど一つのことを成し遂げたという満足感に浸った。

すべて「ありがとう」と言いたい。

（平成二十七年十一月）

だらしがないぞ

娘が来春、息子の結婚式に着る着物の相談をしてきた。留袖はいいけれど、袋帯が赤くなって締められないという。赤いのをやめて、これにしよか、あれにしようかとスマホで帯の写真を送り、電話をかけてきた。今日は秋晴れでカラッとしている。この日を選んでたんすを開けたのであろう。

しばらくして「お花を生けたけど、どお？」と、また写真を送ってきた。庭に咲いたほととぎすに、買ってきた小菊を添えて生けたという。小菊はほととぎすの花の色に合わせて赤紫と黄色。リズミカルにうまく生けてある。

「すてきです。心に余裕がありますね」と私。

「華道展に行くと勉強になり、家の花も頑張ろうと、いつも思う」と返信があった。華道展の鑑賞券は、私が出瓶する度に渡している。

それに引きかえ、自分は今日一日何をしたというんだ。昨日名古屋に出掛けたときの持ち物を片づけて、パソコンに原稿用紙二枚ぐらいのエッセイを入力しただけだ。この歳になると歩くのも遅いし、動作もにぶくなる。八十三歳という年齢と足の不都合が恨めしい。

昨日一緒に出掛けた五十代の女性は疲れ知らず。午前にもう車を運転して、テキパキと行動をしている。明後日から外国へ行くそうな。そういえば私も五十代、六十代のころはそうであったのだが。英国から帰った次の日、岐阜支部の華道展に行っている。

私がボヤッとして一日を過ごした日、嫁は十月三十日の富山マラソン出場に向けて練習をしたという。一人で富山から新湊大橋を往復した。走った距離は往復だから四十キロメートルぐらいになろう。何時に出発したのかは知らないが、帰りは街灯もない真暗な田んぼ道を、熊が出ないかと不安な気持ちで走ったそうだ。ようやく家に辿り着いたのは夜の七時。家族がお腹をすかせて待っていた。

そんな話を翌日に聞いた。嫁にしたってもう五十代近い。何とたくましく実行力があり頼もしいんだろう。では私はどうなんだ。いくら八十代とはいえ、だらしがないぞ。周りから刺激を受け、そして若いころを思い出し、元気を出さなくては。へこたれてはいかん。テキパキ!


（平成二十八年十月）

第6章　ふれあい

あとがき

四冊目のエッセイ集を出版することができた。原稿がたまってくると超高速の時代に「早く本にしてしまわないと」とあせる。

年賀状に「次の本を早く読みたい」と書いてくる人が数人いる。うれしいことである。待ってくださる人には申し訳ないが、書くことが本業ではないので、なかなか文がたまらない。

この度、表紙の絵と文中のイラストを身近な人に依頼した。砂子田朋子さんである。彼女は熱心で、とことん自分の納得いくまでデザインを追究してくださった。軽い気持ちでお願いしたのに

「表紙はその本の顔となるので」と、あれや、これやと考えたようだった。下絵を見せてもらったとき「これだ！」と心が躍った。

桂書房さんはじめ、まわりの人に支えられての出版である。

若いころは本を出すことなど考えてもいなかった。「夢」は年齢とともに変わっていく。それでいいのじゃないかと思う。とにかくやりたいことを精一杯やろう。これからも。

黒田　はる

平成二十九年二月

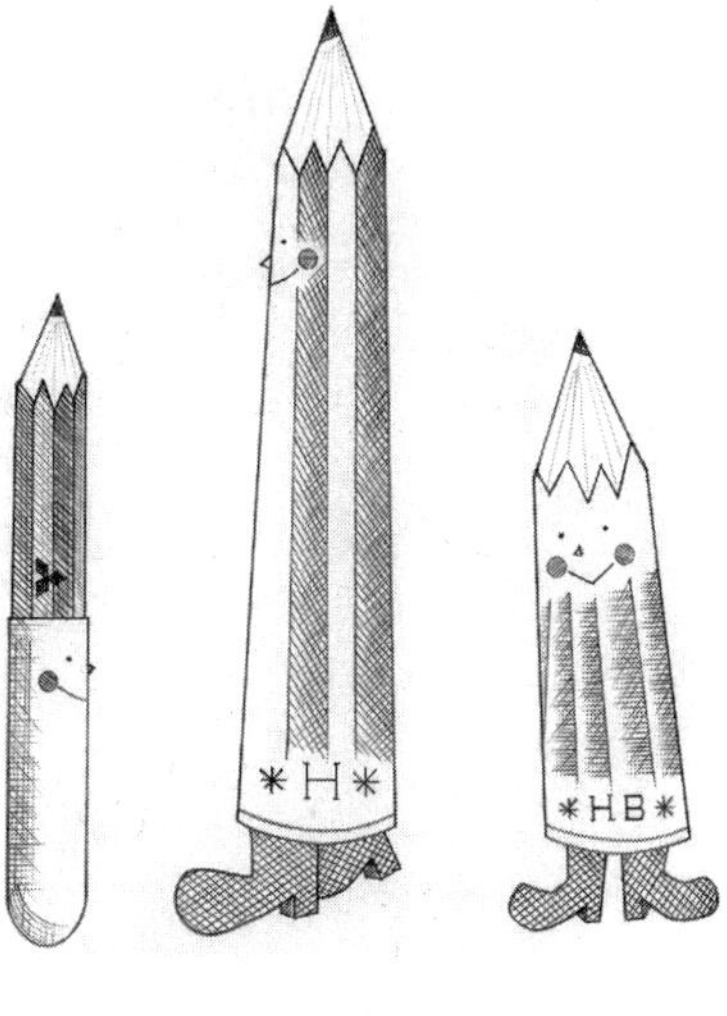

黒田 はる（くろだ はる）
1933年　富山県井波町（現・南砺市）に生まれる。
現在富山市在住。
1956年より自営の会社に60年勤務。
小原流いけばな歴は60年近く。現在富山支部参与。
文芸同人誌「渤海」編集委員の杉田欣次氏に18年間師事。

著書に、

「夢はモクモクと湧く」「七十六歳まだまだしたいこといっぱいあるちゃ」

「生きることの幸せをどうぞ」（いずれも文芸社）がある。

八十四歳だらしがないぞ

2017年4月28日 初版発行

定価1,300円＋税

著　者　黒田はる
発行者　勝山敏一

発行所　桂　書　房
〒930-0103
富山市北代3683-11
電話 076-434-4600
FAX 076-434-4617

印刷／モリモト印刷株式会社

ISBN 978-4-86627-027-2

地方小出版流通センター扱い